TRIDIAU,
AC ANGLADD
COCROTSHEN

Manon Rhys

Argraffiad cyntaf—Tachwedd 1996

ISBN 1 85902 455 6

ⓗ Manon Rhys

Dymuna'r cyhoeddwyr gydnabod cymorth Adrannau Cyngor·Llyfrau Cymru.

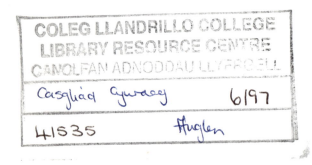
Argraffwyd yng Nghymru gan
Wasg Gomer, Llandysul, Ceredigion

I Rhian,
i gofio haf hir y chwedegau.

Dychmygol yw cymeriadau'r stori hon.

—'Dech chi'n hwyr heddiw eto—crawciodd Gwrach yr Woodbine.

—'Dech chi'n hwyr *iawn*—sibrydodd General deGaulle.

—Traffic-jam ar y Prom—atebais yn swta, a gwenu fy ngwên angylaidd.

—Hanner awr ecstra heno—crawciodd y Wrach drachefn, gan fwldagu ym mwg y sigarét a lynai wrth ei gwefus isaf.

—Neu swllt a thair yn llai o gyflog—sibrydodd deGaulle. Sibrydai bob amser ar ôl colli ei lais yn y Rhyfel.

—Hanner awr ecstra, dim problem—gwaeddais dros f'ysgwydd wrth frasgamu drwy'r Gegin Ddu i mewn i'r Stafell Ddirgel. Yno roedd Valmai, yn hongian allan o'i phais.

—Cau'r blwmin drws 'ne, 'nei di!

—A bore da i tithe hefyd, Valmai!

—'A bore da i tithe hefyd', yr Hwntw ddiawl! Lle uffer' mae Peeping Tom deGaulle?

—Wyt ti 'di codi'r ochor rong i'r gwely'r bore 'ma! A beth ddiawch fuodd Randi Brian Randall yn 'neud i ti?

Byseddodd Valmai'r clais ar ei gwddf.

—Ddaru pethe fynd braidd yn bell yn y shelter . . .

—Dim hwnna sy'n 'y mhoeni i! *Hwnna*!

Clais glas, ffyrnig ar ei bron chwith.

—Ych-a-fi, Valmai! Wyt ti'n gall?

—Wel? 'Den ni'n caru'n gilydd, 'tyden? A 'den ni'n mynd efo'n gilydd ers mis.

Cnoc slei ar y drws. Cuddiodd Valmai ei bronnau'n reddfol.

—*No entry*!

Sibrwd o'r ochor arall . . .

—Val . . . Eleri . . . 'Dech chi'n meddwl y medrech chi frysio? Mae hi'n hen bryd agor y Restaurant.

—Iawn, Mister Charles! Dau funud, Mister Charles!—gwaeddodd Valmai'n hwyliog, cyn codi dau fys at y drws a sibrwd yn isel.

—*Tough titty*, Mister Charles!

Dim ond i'w wyneb y byddem yn ei alw'n Mister Charles. General deGaulle oedd ein henw ni arno, gan ei fod yn ei

7

ddisgrifio'i hun fel *General Manager* ei Garlton Restaurant ceiniog a dimau, a chan fod ei drwyn yr un ffunud ag un deGaulle.

Ond y cwestiwn yr oedd Valmai a minnau'n ei ofyn oedd hwn—a oedd y deGaulle go-iawn mor hoff o bigo'i drwyn aruthrol ag yr oedd ein hannwyl gadfridog ni? Unrhyw funud segur, pan fyddai'n darllen ei *Liverpool Post*, pan fyddai'n syllu'n freuddwydiol drwy ffenest y caffi ar ferched hirgoes mewn trowsusau byr yn prancio ar y Prom, pan fyddai'n syllu'n fwy breuddwydiol fyth ar Valmai a minnau yn ein hoferôls mini yn plygu dros y byrddau, byddai'n codi bys chwyslyd at ei drwyn ac yn chwilota ynddo'n hamddenol. Os deuai o hyd i rywbeth diddorol, byddai'n ei dynnu allan yn ofalus, yn ei astudio'n fanwl ac yna'n ei rowlio rownd a rownd rhwng ei fys a'i fawd, cyn rhoi fflic tidli-wincsaidd iddo drwy'r awyr.

Doedd dim dal ymhle y glaniai'r 'pethau diddorol' hyn. Roedden ni wedi darganfod ambell un mewn powlen siwgwr, mewn cwpan de ac ar liain bwrdd. Taerai Valmai iddi weld blob amheus yng nghanol teisen gwstard un tro, ond doedd ganddi ddim prawf gan iddi, medde hi, ei grafu allan â llwy de a'i olchi i lawr y sinc. Bob tro y byddem yn ei ddal yn twrio yn ei drwyn, byddai Valmai a minnau'n siantio 'Cadwch Gymru'n daclus, Mister Charles' ac yn cael pwl o gigls. Ond ddeallodd y twpsyn erioed pam.

Roedd hefyd yn dipyn o giamster ar garthu ei lwnc. Câi bwl o beswch i ddechrau, gan dasgu poer a fflemsys i bob cyfeiriad. Ymladdai am ei anadl, âi ei wyneb yn biws, ymbalfalai am y silff simsan a ddaliai'r til, ac yna plygai yn ei ddau-ddwbwl-a-phlét o dan y cownter a rhuo fel eliffant gwyllt ar drengi.

(Disgrifiad Valmai oedd hwnnw. Roedd hi wedi darllen stori yn *Boys' Own Annual* Gwyndaf, ei brawd bach, am Rogue Elephant a laddodd dri dyn a sawl bustach cyn cael ei ddal mewn magl o wiail a'i labyddio i farwolaeth.) Beth bynnag, ar ôl y peswch a'r sioe i gyd, carthai'r General y cyfan o weddillion amryliw ei lwnc i hances amheus ei glendid yr oedd hefyd yn ei defnyddio i sychu jariau losin a chwpanau llychlyd.

Esmor oedd ei enw iawn, Esmor Owen Charles, neu Esmor Bach i'w fam, sef Gwrach yr Woodbine. Mam Cariad oedd hi iddo yntau. Gwyddai pawb ond Mam Cariad fod gan Esmor Bach Gyfrinach Fawr, sef Young Lady hanner cant oed o'r enw Eunice a oedd yn byw mewn *bedsit* yn Wellington Road, a weithiai gyda'r nos fel *usherette* yn yr Odeon, a liwiai ei gwallt yn ddu ac a wasgai ei chorpws nobl i ddillad isaf coch. (Fe'i gwelwyd—gan dyst dibynadwy iawn—yn ei phais a'i bra ysgarlad yn ymbalfalu i sgert mini yn Dorothy Perkins.)

Gwyddai pawb ond Mam Cariad fod cynnal y Gyfrinach Fawr yn peri penbleth i'r hen Esmor Bach. Roedd ganddo reswm pwysig, fel yr egluraf eto, dros gelu ei anturiaethau carwriaethol rhag y Wrach. Roedd cadw oed ag Eunice yn ystod y dydd yn anodd; roedd sleifio allan o'r Carlton gyda'r nos bron yn amhosib, a doedd fawr o bwynt beth bynnag, ac Eunice yn yr Odeon. Mentrai'r hen warior dewr weithiau, berfedd nos, a'r Wrach yn rhochian cysgu. Câi ei weld yn hofran yng nghyffiniau'r *bedsit* nes i Eunice ddychwelyd o'i gwaith a'i groesawu'n gynnes. Ond ofnem mai oed fach fer ac annigonol a gaent bob tro. Roedd pledren wan y Wrach yn peri iddi gysgu'n ysgafn, i ddeffro'n gyson ac i grwydro'n ôl a blaen i'w thoiled yng ngoleuni ei fflachlamp fel rhyw Florence Nightingale hynafol. Petai'n sylwi nad oedd Esmor Bach yn ddiogel yn ei wely byddai'r gath o'r cwdyn, ac Esmor yn y cach. Cytunai Valmai a minnau ei bod yn haws ac yn saffach iddo ddioddef rhwystredigaethau rhywiol affwysol na mentro ennyn cynddaredd y ddrychiolaeth ofnadwy hon. Yn haws ac yn saffach, efallai, ond cytunem hefyd fod yna beryg iddo ddioddef Problem Fawr gyson rhwng ei goesau.

Dychmygem fod y Broblem Fawr ar ei hanterth bob nos Sul a phob yn ail nos Iau, pan na fyddai Eunice yn gweithio yn yr Odeon. Druan â'r General, yn gorfod gwylio *What's My Line* a'r *Black and White Minstrels* gyda'r Wrach, a'r Broblem Fawr yn ei atgoffa'n greulon y byddai modd ei datrys ym mreichiau ei Young Lady.

Ond er gwaetha'r anawsterau ymarferol, llwyddai'r hen

gadno'n rhyfeddol i gadw Eunice ar y berw, a hynny drwy fentro ymweld â hi bob hyn a hyn yn ystod oriau'r dydd. Pan ddiflannai'n ddisymwth 'ar neges bwysig' neu 'i fancio pres' neu 'ar sgowt i'r *Cash an' Carry*', gwyddem fod y Broblem Fawr wedi mynd yn drech nag ef. Pan ddychwelai atom ymhen cwta awr, yn wên o glust i glust ac yn hymian 'Arafa Don', gwyddem fod y Broblem bellach yn Fach—tan y tro nesaf.

Ond pam yr oedd gofyn i ddyn yn ei oed a'i amser gadw'i berthynas â'i Young Lady yn gyfrinach rhag ei fam? Ei hunllef, yn ôl Valmai, oedd y byddai'r Wrach yn newid ei hewyllys. Mam Cariad oedd piau'r Carlton; Esmor Bach oedd ei hetifedd. Petai hi'n synhwyro fod ganddo Eunice—neu unrhyw Young Lady arall—ar ei weill, efallai y penderfynai gymunroddi ei hystad i ymgeleddu milgwn dall neu hen asynnod glan y môr. Felly roedd hi'n hollbwysig nad oedd Eunice yn bod. Credwn innau fod yna ateb llawer symlach. Hen Fapa Mam oedd deGaulle, ac roedd arno ofn cyfaddef ei bechod wrthi. Ac fel pob Bapa Mam, byddai'n Fapa Mam am byth.

Roedd yn ofalus iawn ohoni. Roedd gofyn iddo fod gan fod tuedd ynddi bob hyn a hyn i lithro ar lawr seimllyd y Gegin Ddu, syrthio'n fflat ar ei chefn, a gorwedd yno'n ddiymadferth yn chwifio'i choesau a'i breichiau yn yr awyr a chrawcian 'Esmor Bach! Dwi wedi syrthio!' Byddai yntau'n gweiddi 'Dwi'n dŵad, Mam Cariad', ac yn rhuthro i'w chodi a'i gosod yn ôl yn ddiogel ar glustog goch ei chadair.

Roedd hi'n gant a deg—dim un dant yn ei cheg, crychau fel gwe pry cop dros ei hwyneb, gwallt hir, seimllyd yn glymau dros ei hysgwyddau, breichiau fel peipiau rwber, a'r croen memrwn yn hongian yn llac oddi tanynt fel adenydd hen ystlum. Roedd ei choesau gwythiennog, cam fel coesau Looby Loo neu Olive Oyl. Petaech yn ei danglian o ddarn o lastig, byddai'n debyg iawn i'r doliau bach dwl yna y mae dynion cydnerth yn eu hongian yn eu ceir.

Doedd hi byth yn mentro dringo'r Grisiau Serth o'r Gegin Ddu i'r caffi, gan fod cerdded yn artaith ingol iddi. Dibynnai'n drwm iawn ar Carnation Corn Pads a gwisgai sanau arbennig a'u blaenau wedi eu torri er mwyn i fysedd ei thraed gael anadlu. Os oedd gofyn iddi symud o gwbwl, llusgai'n llesg yn ei slipers drewllyd, gan duchan ac ebychu bob tro y rhoddai un droed gorniog, gornwydog o flaen y llall. Ond y Gegin Ddu oedd ei theyrnas, a theyrnasai ar honno â dwrn dur a llwy bren o'i chadair yn ymyl y stof. Hi'r hollbresennol, biwis Wrach a fyddai'n eich gwylio â llygaid barcud o'r cysgodion. Ac roedd digonedd o gysgodion yn y Gegin Ddu.

Doedd y cwsmeriaid byth yn ei gweld hi. Petaen nhw *yn* ei gweld hi yn ei holl ogoniant yn ei hoferôl frown a fu rywbryd cyn cof yn wyn, ei hewinedd hir yn clymu am y llwy wrth droi cynnwys amheus y crochan a oedd yn ffrwtian ar y stof, neu'n llyfu'r llwy yn awchus wrth baratoi ei Knickerbocker Glories, a'i thrwyn a'i Woodbine yn diferu, mae'n bosib y bydden nhw'n dechrau holi cwestiynau bach lletchwith ac yn mynnu cwyno yn y mannau iawn . . .

Ond fi a Valmai, Reenee'r-Head-Waitress, Mrs-Don't-Bring-Me-Any-More-Dishes!, Richard the Lionheart Druan—a deGaulle ei hun wrth gwrs—oedd yr unig rai a'i gwelai. Roedd Flash y milgi'n ddall.

deGaulle fyddai'n croesawu'r cwsmeriaid i'r Restaurant, â'i wên fach unochrog, ddauwynebog. Ufuddhau i orchymyn yr oeddem wrth alw Restaurant ar y twll lle. *Carlton Restaurant* a sgathrwyd ar y ffenestri mawr y byddem yn gorfod eu glanhau bob wythnos. (Roedd hi'n bwysig bod y twlc mochyn i'w weld yn lân o'r tu allan.) Dyna oedd ar y bleinds y byddai'r General yn eu tynnu'n ddeddfol dros y ffenestri ar yr arwydd cyntaf o haul. A *Carlton Restaurant, The Promenade, Rhyl, North Wales. Prop.: Mrs A. Charles, General Manager: Mr E.O. Charles* oedd y pennawd coch ar y biliau ffansi.

Ond caffi bach mwya cachlyd y byd oedd y Carlton mewn gwirionedd, er bod Valmai'n dadlau nad oedd sicrwydd bod hynny'n wir. Roedd hi'n bosib, meddai, bod yna gaffis mwy cachlyd yn strydoedd cefn Bangkok neu Manila, neu yn y Bronx neu slyms Calcutta.

Roedd Valmai'n gorfod dadlau am bopeth, ac yn credu ei bod

hi'n deall popeth am bopeth, a mwy. Ond roedd hi'n anodd
dadlau â hi am bynciau daearyddol gan mai Daearyddiaeth
oedd ei hoff bwnc ar ôl Ymarfer Corff. Pishyn oedd Tarzan, yr
athro Daearyddiaeth, ac roedd pob merch normal yn yr ysgol
yn ei garu'n angerddol. Roedd ganddo lygaid llo ac aeliau a
ddiferai ohonynt fel dwy raeadr ddu. Roedd ganddo hefyd, yn
ôl y sôn, ddwylo crwydrol. Gwaetha'r modd, doedden nhw
erioed wedi crwydro tuag ataf i. Honnai Valmai ei fod wedi
cyfaddef rhywbeth anhygoel wrthi yn ystod gwers ychwanegol
awr-ginio, sef ei bod yn gystadleuaeth agos rhyngddi hi a
Mavis Morris o Chwech Dau pwy oedd ei ffefryn ef o 'holl
forynion glandeg yr ysgol hon'. Gwyddwn fod Valmai'n rhaffu
celwyddau. Roedd yn enwog am ei thuedd i adael i'w
dychymyg fynd yn drech na hi ac i gredu ei chelwyddau ei
hunan. Roedden ni newydd ddarllen yr ymadrodd 'morynion
glandeg' mewn cerdd gan John Morris-Jones neu T. Gwynn
Jones neu rywun fel'na, ac wedi ffoli arno. Roedd Valmai'n
gynddeiriog nad o'n i wedi credu ei chelwydd bach dyfeisgar.
Ond llwyddais i'w phampro drwy ei hatgoffa mai jôc y ganrif
oedd disgrifio Mavis Morris, o bawb, fel 'morwyn landeg'.
Doedd hi ddim yn landeg iawn, ac roedd hi'n wybyddus i
bawb nad oedd yn forwyn. Roedd hi'n anos amau honiad
pellach Valmai bod Tarzan wedi chwarae ffwtsis â hi wrth
drafod ei phrosiect ar Ddyfrhau Tiroedd Sych. A'r honiad
amheus diweddaraf oedd ei fod wedi addo y câi Valmai astudio
Daearyddiaeth Lefel 'A', waeth beth fyddai ei chanlyniadau
Lefel 'O'. Ond doedden ni byth yn trafod Lefel 'O'. Caem ein
canlyniadau ymhen wythnos . . .

Roedden ni erbyn hyn wedi gwisgo'n hoferôls neilon, nefi-blŵ.
Roedd un Valmai'n ffitio'n dynn am ei chorff siapus, gan
orffen ddwy fodfedd ddeniadol uwchben ei phengliniau.
Edrychai f'un innau fel hen blastic-mac pabellog. Doedd Mama
ddim wedi codi'r hem hanner digon. Credai'n gydwybodol ac
yn angerddol fod 'yr hen minis newydd yma' yn hyll, yn
anfoesol ac yn beryglus. Dim ond merched oedd 'yn gofyn am

12

drwbwl' oedd â'r hyfdra i'w gwisgo. Ac yn sicr, doedden nhw ddim yn gweddu i ferched bach fel fi oedd â 'choesau pwt a chluniau braidd yn flonegog'. O ganlyniad, cyrhaeddai'r hen hyllbeth bron at fy ffêr. Yr unig ateb oedd clymu'r ffedog wen orfodol yn dynn, dynn am fy nghanol, a blowsio'r oferôl drosti. Ond canlyniad hyn, a hynny er gwaetha'r Playtex Panty Girdle a frwydrai'n llew i gaethiwo'r bloneg gorlawn, oedd fy mod yn hwylio rownd y lle fel parasiwt ar gyfeiliorn, a bod fy nghlamp o ben-ôl yn edrych fel tas.

—Ti gyn pen-ôl fel tas—gwawdiodd Valmai wrth stwffio'i chyrls coch i'w chap bach ffrils.

—Diolch, Valmai.

—Croeso. Ond dyna fo. Be wyt ti'n ddisgwyl os wyt ti'n sglaffio pob dim o fewn gafael? Wyt ti'n mynd yn debycach i Samson bob dydd!

Samson oedd ei hamster bach tew a fyddai'n stwffio'i fochau â bwyd nes cael trafferth mawr i anadlu.

—*Fi?* Wyt ti, Valmai, yn byta deirgwaith mwy na fi! Beth am ddoe? Do'dd dwgyd *un* Mars Bar o'r cownter ddim yn ddigon i ti! Fe ddwgest ti *ddau*—a Cadbury's Flake!

—Shh! Wyt ti isio i mi gael y sac? Gyda llaw, ddaru mi weld Mickey neithiwr.

—Pryd?

—Ar ôl i ti fynd. Pan o'n i'n cerdded i fyny High Street mi ddaru o weiddi '*Good night, me darlin' Val'*. Roedd o gyn y sbectol haul secsi 'ma.

—Am saith o'r gloch y nos?

—Wel? Be sy'n rong ar hynny? A gyda llaw eto, doedd dim sôn am Donal.

Roedd y gnawes yn troi'r gyllell fel y diawl. Dau Wyddel a weithiai yn y Black Cat, y drws nesaf i'r Carlton, oedd Donal a Mickey. Roedden nhw'n llwyddo'n gyson i gynhyrfu hormonau anystywallt Valmai a minnau â'u wincio a'u cyfarchion beunyddiol ffwrdd-â-hi. Ond gwyddwn yn iawn nad chwarae gêm ddiniwed â mi yr oedd Donal, fel y gwnâi Mickey â Valmai. Roedd yn fy ffansïo, a dim ond i mi chwarae 'nghardiau'n iawn . . .

Cnoc arall a sibrwd deGaulle wrth dwll y clo.

—Val . . . Eleri . . .

Chymeron ni ddim sylw.

—A deud y gwir wrthat ti, Ler, dwi gyn dipyn o feddwl o Mickey bach Ryan. Dwi'n meddwl ella 'mod i'n 'i ffansïo fo.

—Wyt ti newydd weud bo' ti'n caru Randi Brian Randall.

—Mi *o'n* i neithiwr.

—Yn y shelter, pan oedd e'n byta dy fronne di.

—Shh!

Amneidiodd ei phen at y drws a dechrau sibrwd yn isel.

—Ddaru o ddechre mynd ar 'y nerfe i ar y ffordd adre, yn chware efo'i blwmin *chewing gum*, a chanu '*You Got My Mojo Workin*' drosodd a throsodd. A'r blwmin *French Kissing* yne o hyd. Stwffio'i blwmin tafod i lawr 'y nghorn gwddw i! *A* mae o'n dwp. Cofia mai *Flintshire* mae o'n 'neud, a dim ond Gwaith Coed a Celf mae o'n gobeithio'u pasio!

—Y snoben fach!

—Dwi 'di 'laru arno fo, reit? Dwi'n mynd efo fo ers mis, a dwi isio newid. A mae 'ne reswm arall hefyd . . .

—Beth? Panty Girdle?

Nodiodd ei phen yn ddifrifol.

—Pam na wedest ti wrtha i cyn nawr?

—Dwi'n shei, tydw . . .

Gwenodd yn ddrygionus. Panty Girdle oedd ein côd cyfrinachol ni am fachgen yr oedd yn gallach ac yn saffach gwisgo'r cyfryw ddilledyn isaf yn ei gwmni, a hynny am resymau amlwg, na mentro bod heb yr un. *Above the waist* oedd Llinell Plimsoll merched un ar bymtheg oed y chwedegau cynnar. Ond roedd fy ngwyryfdra i mor ddiogel â dwnshwn Castell Fflint gan fy mod, oherwydd fy siâp, yn gwisgo Panty Girdle bob amser.

—Felly, Eleri annwyl, os chwaraeith Mickey bach Ryan 'i gardie'n iawn, mae o gyn siawns go dda . . .

Winciodd—ac yna'n sydyn fe'i taflodd ei hun din-dros-ben a glanio ar y soffa, ei choesau hir yn hongian dros y cefn a'i chap ffrils ar flaen ei thalcen.

14

—Wyt ti tu hwnt i fi, Valmai. Wir nawr.

—Dwi'n *hyperactive*, tydw? Dyne be mae Mam wedi'i ddeud erioed. A dwi newydd ddarllen amdano fo yn Roxy. 'Den ni gyn *metabolism* da, ni bobol *hyperactive*. Llosgi miloedd o galorïe bob dydd. Meddwl di sut ydw i'n rhedeg i fyny ac i lawr y blwmin Grisie Serth yne.

—Fydda *i*'n neud hynny hefyd! Ond edrych arna *i*!

—Am yr enfed tro, Ler fach, mi wyt ti'n byta gormod. Ac eniwe, llusgo fel malwen fyddi di, nid rhedeg.

—Val! Eleri!

Crawc y Wrach! Roedd hi'n bryd symud. Sodrais fy nghap ar fy mhen ac agor drws y Stafell Ddirgel.

Roedd hi'n eistedd ar ei chlustog goch yn ei holl ogoniant, Flash wrth ei thraed, a'i Woodbine yn mygu'n braf yn ei cheg.

—Mi o'n i'n dechre meddwl nad oeddech chi byth am ddŵad allan o'r rŵm yne—crawciodd drwy'r mwg.

Gwyddai'r hen sarff yn iawn mor hoff yr oedd Valmai a minnau o hafan y Stafell Ddirgel. Gallem ddianc yno rhagddi hi a'i mab a'i mwg—a'i milgi chweinllyd. Yno y newidiem ein dillad ar ddechrau ac ar ddiwedd pob diwrnod hir, blinedig. Yno y caem ein crisps a'n pop bob awr-ginio lawog. (Roedden ni wedi tyngu llw i beidio byth â llyncu dim o gynnyrch y Gegin Ddu rhag dal salmonela. Roedd popeth yno'n hen—bara ddoe, cig moch echdoe, pwdin reis tridiau yn grafen galed, llaeth wedi'i ferwi ganwaith nes cwstardeiddio a jams a marmalêds o dan drwch o ffwng.)

Y tu ôl i ddrws caeëdig y Stafell Ddirgel caem gyfle i gael smôc heb i neb ein gweld, ac i roi'r byd yn ei le heb i neb ein clywed, er ein bod yn amau'n aml fod deGaulle yn clustfeinio wrth dwll y clo.

Stafell ddiflas, dywyll ydoedd mewn gwirionedd. Roedd un bylb bach truenus yn hongian o'r nenfwd, ond doedden ni byth yn mentro'i ddefnyddio. *Emergency lighting* ydoedd, ac er nad oedd neb wedi diffinio'n union beth oedd 'argyfwng', roedd hi'n bwysig i ni ddeall nad oedd golau trydan yn tyfu ar goed. Un hen soffa felfed, werdd ac un gadair-a-fu'n-esmwyth-gynt, un ledr, frown oedd yr unig ddodrefn—dau gelficyn da a welodd ddyddiau gwell. Roedd eu springs yn wan a'u stwffin prin yn hongian o'u perfedd. Chwarddem wrth feddwl mor agos oedd y gystadleuaeth rhwng y Wrach a'r gadair p'un oedd â'r mwya o graciau ar eu crwyn. Tyngai Valmai unwaith iddi weld rhywbeth byw yn stwyrian yng nghrombil y soffa. Ond do'n i ddim yn ei chredu. Gwneud i mi boeni am bethau fel'na oedd ei diléit hi mewn bywyd—wel, un ohonyn nhw.

Treiddiai pelydryn gwan o olau drwy un ffenest fach lychlyd, anodd ei hagor. Petaech yn sefyll wrth y ffenest ac yn edrych allan, welech chi ddim byd ond wal gerrig. Ond petaech yn codi'ch golygon fry fe welech reilings, a darn o balmant, a thraed yn cerdded yn ôl a blaen ar hyd dwylath sgwâr o'r Prom. Fe welech hefyd ran o stondin hufen iâ Richard the Lionheart Druan, ac ar ddiwrnod sych fe welech ei sgidiau brown henffasiwn, a llodrau carpiog ei drowsus llwyd.

Doedd fawr o fynd ar ei hufen iâ. Doedd ei beiriant ddim yn ddibynadwy iawn, a rhyw hylif tebyg i felynwy a lifai i mewn i'r cornets fel arfer. Byddai deGaulle yn chwifio spaner a sgriwdreifer yng nghrombil 'y blwmin mashîn' am oriau, ond ni châi fawr o lwc. Doedd Richard the Lionheart Druan ddim yn poeni am hyn. Claddai ei ben drwy'r dydd yn un o'i lyfrau gan anwybyddu pawb a phopeth. Ei brif ofid oedd glaw trwm, oherwydd fe'i gorfodid bryd hynny i gau ei stondin a disgyn i ddyfnderoedd y Gegin Ddu i helpu gyda'r bwyd.

Roedd Richard ar ei ffordd i Rydychen. Ffurfioldeb yn unig fyddai'r canlyniadau Lefel 'A' a oedd i ymddangos drannoeth. Pedair 'A' oedd ar y gweill—roedd hynny wedi ei ddarogan bymtheng mlynedd ynghynt pan eisteddai yng nghornel y dosbarth meithrin yn darllen *The Children's Encyclopaedia* tra chwaraeai'r plant eraill yn y tywod a'r tŷ-bach-twt. Dyna a honnai Valmai, beth bynnag. Roedd Tecwyn, ei brawd hŷn, yr un oed â Richard. Roedd Tecwyn erbyn hyn yn stocio silffoedd yn Kwiks Prestatyn.

Un annwyl iawn oedd Richard. Petaech yn anwybyddu'r môr plorod ar ei wyneb, a'i sbectol-pot-jam, roedd ar fin bod yn olygus. A phetaech yn anwybyddu'r drewdod chwys a godai o gyfeiriad ei geseiliau, druan, roedd yn gwmni da. Jôc fach Valmai oedd bod chwys a gwybodaeth yn diferu ohono. Ond roedden ni'n dwy'n hoff iawn ohono, a Richard oedd y person mwya gwybodus yn ein bywydau.

Hanes oedd ei hoff bwnc, a phan fyddai pethau'n dawel ganol prynhawn, byddai Valmai a minnau'n eistedd wrth ddrws y caffi neu wrth fwrdd y Gegin Ddu yn gwrando arno'n traethu am Ryfel y Rhosynnau a'r Crwsadau, am wrthryfel Glyndŵr a Newyn Mawr Iwerddon. Ond ei hoff faes oedd erchyllterau poenydio a dienyddio drwy'r canrifoedd. Diberfeddu, llosgi wrth y stanc, tranc erchyll dihirod a hereticiaid y Canol Oesoedd— roedd y cyfan ar flaenau ei fysedd. Y Santes Catherine wedi'i hoelio i'r olwyn arteithio, Jeanne d'Arc a Richard Gwyn yn llosgi yn y fflamau, Mary Queen of Scots a'r Brenin Charles o dan y fwyell—llwyddai i ddod â'r cyfan yn fyw o flaen ein llygaid fel ffilm Cinemascope.

Eglurai ragoriaethau'r *guillotine* drwy ddefnyddio tomatos goraeddfed a thwca gig. Actiai'r hen Fadame Defarge yn gweu wrth lafarganu 'Liberté, Égalité, Fraternité—ou Mort' cyn i'r *guillotine* syrthio a thasgu stecs coch dros y bwrdd. Gwaeddai'r *'ou Mort'* gydag arddeliad nes gwneud i ni rowlio chwerthin a pheri i'r hen Flash neidio o'i groen drewllyd a sgyrnygu'i ddannedd cyn sleifio a'i gynffon rhwng ei goesau am gachiad i'r iard gefn.

Ond boddi'r wrach a barodd yr adloniant difyrraf. Cofiaf y prynhawn glawog, mwll hwnnw'n glir. Roedden ni'n tri, Valmai, Richard a minnau, yn cuddio yn y Gegin Ddu. Roedd y Wrach wedi mynd i rochian cysgu yn ei stafell, Mrs Don't-Bring-Me-Any-More-Dishes! wedi mynd adre, a Reenee yn cadw cwmni i'r General yn y caffi gwag. Gafaelodd Valmai yn un o'r ornaments bach seimllyd a addurnai'r silff seimllyd uwchben y stof seimllyd. Pefriai ei llygaid wrth astudio'r ddoli fach blastig â'r gwallt a'r llygaid eboni, yn ei ffrog fflamenco goch, a'r geiriau *My name is Manuela—Greetings from Spain* mewn llythrennau breision ar sash euraid ar draws ei bronnau.

17

—Richard . . .—sibrydodd yn ddrygionus.

—Ie?

—Sut yn union oedden nhw'n boddi gwrachod?

Gwenodd Richard fel yr haul.

—Fel hyn . . .

Cydiodd mewn sosban fawr, ei llenwi â dŵr a'i gosod ar y bwrdd. Yna gafaelodd mewn lletwad a gosod Manuela ynddi wysg ei chefn. Syllai ei llygaid duon arnom yn llawn syndod wylofus, gan ymbil am drugaredd. Gollyngodd Richard y lletwad i lawr yn ara' bach, fesul modfedd, nes yr oedd yn braidd gyffwrdd â'r dŵr. Yna sibrydodd yn ddramatig.

—Roedden nhw gyn y prawf yma, reit? Roedden nhw'n gollwng y ddynes lawr i'r dŵr. Os oedd hi'n suddo, reit, yna doedd hi ddim yn wrach. Ond druan â hi, roedd hi'n boddi. Os oedd hi'n arnofio, reit, roedd hi'n wrach, ac roedden nhw'n ei gwthio hi i lawr i'r dŵr—ac roedd hi'n boddi.

Cododd ei olygon atom. Roedd gwawr ryfedd i'w lygaid wrth i'r dŵr yn y sosban adlewyrchu drwy ei sbectol pot-jam. Neu ai fi oedd yn dychmygu?

—Ydy Manuela'n wrach? Ydych chi'n barod?

Nodiodd Valmai a minnau'n llawn cynnwrf. Gollyngodd Richard y lletwad yn araf i'r dŵr . . . Gorweddai Manuela'n ddiymadferth ar ei chefn, ei breichiau a'i choesau ar led a'i ffrog fflamenco goch a'i gwallt eboni yn chwyrlïo o'i chwmpas . . . Saib hir . . . Yna, yn sydyn, rhoddodd Richard blwc i'r lletwad allan o'r dŵr gan adael Manuela'n bobio'n ffrantig yn y tonnau.

—Mae hi'n arnofio!

—'Den ni gyn gwrach ar ein dwylo!

—Beth ddylen ni 'neud?

—Hyn!

Rhuthrodd Richard at y bocs cyllyll-a-ffyrc ac estyn fforc yr un i ni. Yna, a'i wyneb yn angladdol-ddifrifol, rhoddodd broc yn ei bol i Manuela nes peri iddi ddiflannu o dan y dŵr—dim ond i saethu i fyny eto fel jac-yn-y-bocs dyfrllyd a gorwedd unwaith eto ar wyneb y dŵr, y tro hwn ar ei bol.

—Gad i mi drio—meddai Valmai'n hyderus.

18

Prociodd Manuela yn ei gwar, o dan y gwallt eboni. Plymiodd ar ei phen i'r dyfnderoedd, gan aros yno am ddwy eiliad union cyn saethu i'r wyneb unwaith eto y pen arall i'r sosban.

Fy nhro i oedd hi. Gwthiais Manuela reit i waelod y sosban gan ei dal yn sownd yn nannedd fy fforc. Ond cyn gynted ag y tynnais y fforc o'i pherfedd, saethodd i'r wyneb eto a gorwedd yno ar ei chefn. Gallwn dyngu ei bod yn gwenu'n sbengllyd arnom.

—Reit!

Doedd dim trugaredd i fod. Roeddem fel un yn udo am ei gwaed. Tasgodd y dŵr o'r sosban dros y bwrdd a'r llawr wrth inni brocio a phrocio. Ond ymladdai Manuela'n ddewr yn erbyn ei thranc erchyll. Gwaeddem mewn gorfoledd bob tro y llwyddem i'w chadw o dan y dŵr am ychydig eiliadau; ochneidiem ac ebychem bob tro y saethai i fyny i'r wyneb eto. Roedden ni'n tri'n stecs ac mewn stad o sterics pan glywsom grawc anferthol y tu cefn i ni.

—Beth yn y byd sy'n mynd ymlaen fan hyn?

Ddywedodd yr un ohonom air. Byddai ceisio egluro techneg boddi gwrach wedi bod yn ansensitif ac yn aflednais o dan yr amgylchiadau. Ac afraid yw i mi fanylu ar y pryd o dafod a gawsom ganddi. Digon yw nodi'n gynnil fod y bygythiad o golli'n swyddi yn y Carlton yn artaith llawer gwaeth na'r hyn a wnaethom i Manuela, a ailorseddwyd i'w gogoniant blaenorol (heblaw am y ffaith nad oedd cystal graen ar ei ffrog fflamenco goch a'i gwallt eboni, druan) yn ôl ar y silff seimllyd, lle y gwenai'n watwarus fuddugoliaethus arnom weddill yr haf . . .

Ble o'n i? O ie, Valmai a minnau'n mentro o'r Stafell Ddirgel i grafangau'r Wrach. Gwyddem ei bod mewn hwyl ddrwg gan ei bod yn mwytho clustiau'r hen Flash yn afresymol o ffyrnig â'i bysedd cnotiog.

—Dwi am roi 'nhroed i lawr efo chi'ch dwy! 'Dech chi wedi mynd yn wynebgaled ar y new, yn hwyr drybeilig yn y boreau ac yn hitio dim un ffeuen am eich gwaith!

Chymeron ni ddim sylw ohoni gan ein bod ni'n brysur erbyn hyn yn codi'r cocrotshys o'r pwll saim.

—O ie, troed i lawr amdani, a dim nonsens. Wneith hyn mo'r tro o gwbwl!

Tagodd i mewn i jẁg o laeth, a gwelodd Flash ei gyfle i ddianc rhag ei chrafangau a rhedeg i guddio i'r spens.

—'Den ni'n talu'n dda i chi, Mister Charles a minne. A be 'dech chi'n neud? Cyrraedd i mewn yn hwyr, ac yna janglio am hydoedd yn y rŵm yne. Mae hanner y bore wedi mynd yn barod.

—A ble mae Reenee?—mwmbliodd Valmai o dan ei gwynt.

—Beth?

Sychodd y Wrach ei phoer â'r clwtyn llestri.

—Dim.

Reenee oedd y drydedd forwyn fach. Roedd hi'n fach, fach, fel styllen o denau ac fel pluen eira o ysgafn. Ac roedd hi'n hen gynddeiriog i fod yn forwyn fach—yn llawer hŷn na Valmai a minnau, ac yn fam i Nicolette y Drwyn, a oedd yn yr un flwyddyn â ni yn yr ysgol, ond yn ffrwd yr 'M's am 'Modern'. Yn ffrwd 'G' yr oedden ni'n dwy.

Roedd y rheswm pam fod Reenee'n anfon Nicolette y Drwyn i Ysgol Uwchradd Gymraeg yn ddirgelwch llwyr. Doedd neb na dim yn elwa. Roedd pawb a phopeth ar eu colled—Nicolette, yr ysgol a'r Gymraeg. Mae'n siŵr y credai Reenee fod Nicolette yn cael gwell addysg yno nag a gâi yn unman arall. Credai Nicolette fod Valmai a minnau'n *freaks*. Bob tro y talai ymweliad â'r caffi—er mwyn godro Reenee am arian—chwarddai am ein pennau.

—*You're so funny, you two. Always talkin' Welsh together.*

Dim ond â Valmai y byddwn i'n siarad Cymraeg bob amser. Er mawr ofid ac embaras i Dada a Mama, a oedd yn Genedlaetholwyr Pybyr, treuliasom, fel pob disgybl arall, oriau helaeth yn casglu sbwriel rownd iard yr ysgol yn gosb am siarad Saesneg yng nghlyw athro, neu warth pob gwarth, y prifathro. Teimlai Dada'r gwarth hwn i'r byw, gan ei fod, er mawr ofid ac embaras i mi, yn treulio ambell gyfnod yn Ein Hysgol fel athro peripatetig. Teimlwn innau i'r byw mai'r 'Parch Feripathetig' oedd y llysenw creulon arno, druan, er 'mod i'n sylweddoli nad ei wersi Ysgrythur ysbeidiol ef oedd y rhai mwyaf eneiniedig yn y byd.

Doedd Reenee ddim wedi cyrraedd eto. Doedd hi byth yn cyrraedd tan o leia ddeg o'r gloch pan fyddai'n cyfnewid y sgandals diweddaraf dros gwpanaid hamddenol gyda'r Wrach a'r General, cyn diflannu i'r Stafell Ddirgel i wisgo'i Dr Scholls, ei hoferôl a'i chap. Tuag un ar ddeg o'r gloch byddai'n ymddangos yn y caffi a chwilio am bethau i'w gwneud, fel llenwi powlenni siwgwr llawn a gwacáu tebotau gweigion. Yna byddai'n gwgu ar Valmai a minnau am ein bod ni wedi gwneud y cyfan ers dwyawr.

—Mi fydd Reenee yma 'mhen chwinciad—sibrydodd deGaulle yn sydyn o rywle'r tu cefn i ni.

—Ac yn y cyfamser 'dech chi gyn ddigonedd i'w wneud.

Gwir a ddywedodd. Roedd haid o gocrotshys wedi mynd i'w haped yn y saim y noson cynt, fel pob noson arall. Y Wrach fyddai'n arllwys gweddillion saim y dydd—a'i lympiau bach duon nad oedd neb yn siŵr beth oedden nhw—o'r ffreipan i bant bach yn y llawr cyn mynd i'w gwely bob nos. (Mewn cwpwrdd o stafell ym mhen draw'r coridor rhwng y Gegin Ddu a drws y cefn y cysgai'r Wrach. Cysgai Flash ar ei gwely. Doedd neb yn siŵr ble y cysgai'r General.)

Fel yn un o chwedlau dychrynllyd Grimm, llusgai'r cocrotshys bach diniwed, di-feddwl-ddrwg, ling-di-long o bob twll a chornel yn y Gegin Ddu berfedd nos, gan lyfu eu gweflau'n awchus wrth nesáu at y wledd farwol. Llarpient o'r ffynnon saim ddihysbydd. Ond byddai'r gloddesta-ganol-nos yn mynd yn drech na nhw, a phob bore, nofient mewn hedd, perffaith hedd, dwsin neu fwy ohonynt, yn lympiau duon yng nghanol lympiau duon. Tasg foreuol bleserus Valmai a minnau oedd eu codi â rhaw glan-y-môr fach goch i fwced plastig, cario hwnnw'n angladdol i'r iard gefn (gan ofalu peidio â throedio yng nghachu Flash) a'u harllwys i fwced sbwriel drewllyd. Yna mopio llawr y Gegin Ddu â Chemico Cleaning Crystals rhag i'r Wrach lithro a syrthio ar ei chefn.

—Val, Eleri, mae 'ne bobol isio'u serfio—sibrydodd deGaulle o ben y grisiau.

—Iawn, Mister Charles! Dŵad, Mister Charles!

Stwffiodd Valmai'r bwced a'r mop arnaf ac yna neidio fel ewig i fyny'r Grisiau Serth ddau ris ar y tro. Safodd yn fuddugoliaethus ar y top a gwenu'n dosturiol.

—Hei Ler, paid *ti* â gwneud yr un peth rhag i ti gael harten.

—Paid *ti* â siarad lawr â fi'r bitsh fach!—atebais wrth osod y mop glatsh yn y bwced, ac yna rhoi un goes bwt o flaen y llall a dechrau dringo'r pedwar gris ar ddeg. Gwyddwn y byddai Valmai wedi diflannu rownd y cornel i'r caffi cyn i mi gyrraedd yr ail ris. Roedd hi mor anodd cystadlu â hi'r Victoria Ludorum ddiawl. Roedd ei choesau mor hir a'i chorff mor ystwyth.

—A'i thafod mor finiog a'i phen mor wag!—fflachiai Mama bob tro y byddai yn ei thrafod.

Gwyddai Mama'n iawn nad oedd pen Valmai'n wag. Roedd hi'n llawer mwy deallus nag o'n i, ac wedi bod yn gyson ei safle ar ben y dosbarth drwy'r blynyddoedd. Yr hyn y ceisiai Mama ei fynegi oedd fod pen Valmai'n llawn o wagedd ac oferedd— hynny yw, bechgyn, a phethau drwg cyffelyb.

—Llond pen o ddim, 'na ti Valmai Roberts! Byth yn meddwl am neb na dim, heblaw am fechgyn, wrth gwrs! Ma' bechgyn yn llanw 'i phen hi!

—Dim ond iddyn nhw beidio â llanw dim byd arall, ontefe?—fyddai cyfraniad cryptig Dada.

—Gadwch lonydd iddi! Hi yw'n ffrind gore i!—fyddai f'amddiffyniad cyson innau.

Ond Valmai a gâi'r bai am bopeth er pan gwrddon ni'n dwy am y tro cyntaf yn nosbarth dau. Ro'n i wedi cyrraedd yno'n dalp o swildod o Gaerdydd, yn crynu yn fy sgidiau, a heb nabod neb. Fe'm sodrwyd mewn desg rhwng dau fachgen— dau fachgen!—ac roedd hynny wedi bod yn sioc i'r system ar ôl treulio blwyddyn mewn ysgol ramadeg sidêt i ferched yn unig. Valmai a eisteddai'r tu ôl i mi, ond cyn diwedd y bore roedd hi wedi perswadio, drwy orfodaeth, un o'r bechgyn i newid lle â hi. Roedden ni'n ffrindiau mynwesol ers hynny.

Achosai hyn ofid i Dada a Mama. Valmai, yn eu barn hwy ac ym marn nifer o'r athrawon, yn ôl eu sylwadau ar fy adroddiad blynyddol, oedd yn fy nhywys ar gyfeiliorn a thros ben llestri ac oddi ar y llwybr cul. Roedd peryg mawr iddi fynd 'ar ei phen i Dre-din', meddai Mama, gan fynd ag Eleri fach ddiniwed gyda hi.

Cymerwch chi'r hen fusnes diflas yna yn nhwyni tywod Prestatyn gyda David Hughes ac Alan Maddox. Noson fy mhen blwydd yn un ar bymtheg oedd hi, ac ro'n i dros fy mhen a'm clustiau mewn cariad â David Hughes. Roedd yn hansom-hync ddwy flynedd yn hŷn na mi, ac roedd wedi fy mhlesio'n arw drwy ddatgan ar goedd fy mod yn debyg iawn i Sandie Shaw— a oedd yn bishyn hardd a thenau iawn. Roedd Valmai wedi taflu dŵr oer dros y gymhariaeth yn syth drwy f'atgoffa fy mod o leiaf ddwy stôn yn drymach na'r gantores droednoeth.

Cawsom barti i'w gofio ym mherfeddion y twyni tywod. Fe fuon ni'n anghyfrifol tost mewn sawl ffordd, ond ein camgymeriad mwyaf oedd anwybyddu'r amser yn llwyr. Roedd hi wedi hen dywyllu pan gyrhaeddodd Valmai a minnau adref i'r Mans, yn diferu o euogrwydd a thywod. Roedd Mama ar fin galw Gwylwyr y Glannau. Gwyddem ei bod hi ar ben arnom unwaith y dechreuodd y croesholi.

—A beth o'ch chi'n neud yn y twyni tywod, a chithe wedi dweud 'ych bod chi'n mynd am bicnic i'r Lido?

Diolch byth, doedd ganddi ddim Obadiah am y caniau cwrw a'r bonion sigaréts a adawsom yn y twyni. Ond roedd y sêr yn ein llygaid a'r tywod yn ein dillad a'n gwalltiau yn dystiolaeth ddamniol o'r orji a gafwyd.

—A sut yn y byd y llwyddoch chi i gael cymaint o dywod yn eich dillad a'ch gwalltiau? *Dyna* beth lice Dada a finne 'i wbod! Ontefe, Dada?

Roedd hi'n amlwg o'i ddistawrwydd hir fod gan Dada syniad go lew sut y llwyddon ni i gael tywod yn ein dillad a'n gwalltiau. Dyfalai hefyd ran David Hughes ac Alan Maddox yn y busnes.

Yn sydyn, gwawriodd y gwirionedd creulon ar Mama.

—Bechgyn! O'dd 'na fechgyn 'da chi yn y twyni tywod!

Poerodd y gair 'bechgyn' gan ddeisyfu dweud 'moch' neu 'angenfilod rheibus'. Doedd dim pwynt gwadu. Edrychais ar Valmai ac fe nodiodd ei phen mewn cadarnhad.

—Ffrindie, 'na'i gyd . . .

—Ffrindie!

Rhoddodd glatshen i mi nes o'n i'n tasgu, ac edrychodd ar Valmai fel petai'n lwmp o gachu.

—Fe geith 'ych rhieni glywed am hyn, Valmai Roberts!

Rhoddodd bwniad i Dada, ac yna diflannodd i'r llofft yn ei dagrau.

Ochneidiodd yr hen foi, a thynnu ei esgidiau'n flinedig. Yna gwisgodd ei lopanau, ac edrych arnom dros dop ei sbectol. Arwydd drwg. Yna cliriodd ei lwnc. Arwydd gwaeth. Roedd hi'n amlwg fod yr hyn yr oedd yn bwriadu ei ddweud nesaf yn dyngedfennol.

—Eleri, Valmai . . .

Cliriodd ei lwnc am yr eildro.

—Y cyfan ddweda i yw hyn. Byddwch yn ofalus, ferched bach, a chofiwch i bwy y'ch chi'n perthyn.

Yn ei ffordd fach gwmpasog, cennad ffrantig Dada i ni'r noson honno oedd 'Peidiwch â chael rhyw, ferched bach, ac er mwyn y nefoedd, peidiwch â chael babis'. Dyna grynswth yr Addysg Ryw a dderbyniais ganddo. Ond o leiaf roedd yn fwy mentrus a blaengar yn y Pethau Aflednais Hyn nag oedd Mama a hoffai efelychu estrys a chredu'n gydwybodol nad oedd y Pethau Aflednais Hyn yn bod.

'Addysg Sgriw' oedd yr enw cyffredin ar yr hanner awr o sbort gorfodol blynyddol a gâi pob dosbarth tri yng nghwmni Pea Shooter, yr athrawes Bywydeg a hanai o San Clêr, ac a ymdebygai i lygoden fach ofnus. Druan â hi, fe'i gorfodwyd bob blwyddyn i wneud ei dyletswydd moesol fel athrawes Bywydeg drwy ddatgelu cyfrinachau'r weithred rywiol i haid afreolus pedair ar ddeg oed. Gwyddai'n iawn bod ei disgyblion yn llawer mwy hyddysg na hi yn y pwnc. Gwyddai'r disgyblion ei bod hithau'n crynu yn ei sgidiau bach maint tri.

Byddai ei chyhoeddiad dechreuol yn ddigon i beri pwffian chwerthin.

—Reit 'te, dosbarth tri, y'n ni heddi'n mynd i ddysgu shwt ma' gweitho babis.

Fi, ei chyd-Hwntw, oedd yr unig un na thybiai fod y cyhoeddiad yn un doniol, ond chwarddais yn harti gyda phawb arall. Canolbwyntiai ei gwers ar arferion caru cwningod. Byddai'r cyfan yn dirywio'n gawdel o chwerthin ac o sylwadau aflednais cyn gynted ag y byddai Pea Shooter yn dosbarthu ei thaflenni o ddeiagramau o gwningod bach lysti yn cyplu'n lletchwith. Yr un fyddai ei hymateb bob blwyddyn.

—Dosbarth tri, dyw'r busnes 'ma ddim yn sbort!

A'r un fyddai ymateb cyd-adrodd ei chynulleidfa.

—O ydy mae o, Miss! Yn enwedig mewn shelter ar y Prom!

Wrth gwrs, bu'n rhaid i Valmai fynd un cam ymhellach drwy godi ei llaw a datgan ei phrofiad unigryw hi o fagu cwningod.

—Plîs Miss, dwi gyn dwy gwningen o'r enw Fflopsi a Ffanni. A tydi Fflopsi ddim yn 'i neud o fel'na efo Ffanni.

Parhaodd y chwerthin afreolus am funudau hir, nes i Cannibal, y cyn-filwr corffog o ddirprwy brifathro, frasgamu i mewn i'r dosbarth, ei glogyn du yn hedfan y tu ôl iddo a'i lygaid mileinig yn tasgu. Ymosododd yn syth ar fachgen anffodus a ddigwyddai fod yn y *front line* wrth y drws—un a fyddai, ymhen blynyddoedd, yn filwr corffog a ymosodai ar bobol anffodus.

—A be 'dy'r jôc, Wynford Thomas?

—Dim, Syr.

Fe'i cododd gerfydd ei glust dde, a rhoi waden iddo ar draws ei ben nes ei fod yn gwingo fel cwningen mewn magl.

—Felly be 'dy'r holl chwerthin yma, Wynford Thomas?

—Dim syniad, Syr.

Waden arall, galetach na'r gyntaf. Erbyn hyn roedd Pea Shooter yn llygoden fach welw a chrynedig iawn. Roeddem i gyd yn welw ac yn grynedig, gan na wyddem pwy fyddai'r nesaf i gael waden. 'Yn yr awr ni thybioch' y byddai Cannibal yn taro, a doedd bod yn ferch ddim yn amddiffynfa rhag ei gynddaredd. Gwingodd pawb wrth iddo afael yn Wynford

Thomas gerfydd ei glust chwith, rhoi waden arall iddo a'i sodro'n ôl yn ei sêt. Daliem i gyd ein gwynt . . .

Gwenodd Cannibal yn dadol ar Pea Shooter.

—Reit, Miss Evans, dwi'n meddwl bod yr hwliganiaid bach yn barod i wrando arnoch chi. A be 'dy'ch pwnc chi heddiw?

Gwyddai'n iawn beth oedd y pwnc cyn gafael yn un o'r taflenni a syllu ar y deiagramau.

—Hm . . . Diddorol iawn . . .

Edrychodd i fyw llygaid Wynford Thomas, yr oedd ei ddwy glust erbyn hyn yn fflamgoch.

—Diddorol iawn, ynte, Wynford Thomas?

—Ie, Syr.

—Mi ddaw o'n handi i chi rywbryd, debyg. Pan fyddwch chi'n *ddyn*!

Brasgamodd at y drws, a'i agor. Safodd yno am rai eiliadau yn meddylu. Yna gwenodd a brasgamu'n ôl at Wynford Thomas a gafael ynddo gerfydd ei grys.

—Pan fyddwch chi'n ddigon o ddyn i fagu cwningod!

Gwibiodd ei lygaid o ddisgybl i ddisgybl, gan ein herio i chwerthin. Ond syllem i gyd arno'n ddifrifol iawn. Rhoddodd un waden fach arall i Wynford Thomas cyn ei ollwng yn ddiseremoni, gwenodd eto ar Pea Shooter ac yna rhuthrodd fel corwynt du drwy'r drws.

Ochneidiodd pawb fel un. Cofiaf hyd heddiw wyneb gwelw Pea Shooter, druan, wrth iddi sibrwd 'Cariwch 'mla'n 'da'ch gwaith yn dawel' a suddo i'w chadair y tu ôl i'w desg uchel. Ond nid hi oedd yr unig lygoden fach yn y labordy Bywydeg weddill y wers honno.

A dyna oedd y ceubosh ar wersi Addysg Sgriw Pea Shooter. Gadawodd ar ddiwedd y tymor i briodi 'ffarmwr bach o gatre'. Bu ei gwybodaeth am arferion caru cwningod o fudd iddi gan ei bod bellach yn fam i bump o blant.

Ond yn ôl i'r bore hwnnw yn y Carlton. Dringais y Grisiau Serth, a chyrraedd y caffi yn fyr fy ngwynt. Roedd Valmai wrthi'n derbyn ordor gŵr a gwraig mewn anoracs oren. Roedd deGaulle wrthi'n cyflawni ei ddefod foreuol, sef sgrifennu â sialc coch ar ei hysbysfwrdd du.

TEA'S, COFFEE'S & COLD DRINK'S NOW BEING SERVED.

Nid oedd yn fodlon ymddiried y gwaith collnodol hwn i neb ond iddo ef ei hun. Wedi iddo ychwanegu sgrôl neu ddwy fach ffansi fan hyn a fan draw a sefyll yn ôl i edmygu'i gampwaith, byddai'n gosod y bwrdd yn ddeddfol ar y pafin y tu allan i'r caffi ar y dot am ddeg o'r gloch. Byddai yn ei gario i mewn yn ddeddfol am hanner dydd, yn newid yr hysbyseb i *LUNCH NOW BEING SERVED* ac yn ei ailosod ar y pafin. Am dri byddai'n ei newid eto—i *AFTERNOON TEA'S NOW BEING SERVED—KNICKERBOCKER GLORIE'S OUR SPECIALITY.*

Roedd y broses sgrifennu'n un hir ac ailadroddus iawn, yn enwedig pan fyddai'r glaw yn golchi'r llythrennau yn lân gan orfodi'r General i fynd drwy'r holl rigmarôl eto. Digwyddai'r annibendod mwyaf pan giciai ambell ddihiryn y bwrdd i'r llawr, neu'n waeth byth, pan fyddai'r wybodaeth yn cael ei dileu mewn sbeit. Ond dyna un rheswm y syllai'r General yn barhaus drwy'r ffenest—er mwyn gwarchod ei gampwaith a darn ladd unrhyw un a feiddiai ymyrryd ynddo. Ef hefyd a luniodd yr arwydd amlwg ar y drws a oedd yn datgan yn lew *SORRY, NO DOG'S, PRAM'S, PUSHCHAIR'S OR HULA HOOP'S.* Anwybyddai pawb y gwaharddiad ar gŵn, *pushchairs* a phramiau, ond welwyd erioed yr un Hula Hoop ar gyfyl y lle. Y cwestiwn amlwg, wrth gwrs, oedd pwy fyddai'n dymuno dod â Hula Hoops i mewn i gaffi cyfyng? Ond credai'r General mewn achub y blaen ar gyflafan.

Yr unig gwsmeriaid eraill ar y pryd oedd May a Bob. Galwai May am ei theboted te am hanner awr wedi naw bob bore a hanner awr wedi pedwar bob prynhawn. Gan ei bod yn enedigol o Ynys Enlli neu rywle, roedd wrth ei bodd yn ein clywed yn siarad Cymraeg. Ond gan ei bod mor fyddar â phost, roedd trio cynnal sgwrs â hi'n sbort. Roedd gofyn gweiddi nerth eich pen drwy'r teclyn clust, ond doeddech chi na hi'n clywed dim byd ond sŵn craclo. Syllai'n awchus ar eich gwefusau'n symud cyn ailddweud popeth, yn union fel adlais.

—Braf heddiw, May.

—Braf heddiw, Val.

—Brysur ar y Prom, May.

—Brysur ar y Prom, Val.

—Mwy o de, May? Digon yn y pot.

—Digon yn y pot. Diolch, del . . .

Yfai Bob, yr hen sinach bach blin, ei de o soser May. Chwyrnai rhwng ei ddannedd, a diferai poer ewynnog o'i geg dim ond i rywun edrych arno. Y General oedd ei elyn pennaf. Er iddo sibrwd *'Good boy, Bob'*, *'Sit, Bob'*, a *'Nice dog, Bob'* wrtho ddwywaith y dydd ers blynyddoedd maith, dal i sgyrnygu arno a chwyrnu drwy'i ddannedd a wnâi Bob.

Roedd Valmai wrthi'n arllwys dŵr i debot o'r boiler a besychai stêm yn gymylau trwchus. Llechai Bob rhwng coesau May, a llechai deGaulle y tu ôl i'w gownter. Gwyliai'r ddau hen gi ei gilydd yn ofalus.

—Serfia di'r Anoracs—gorchmynnodd Val yn awdurdodol.

—Dau goffi—ychwanegodd yn slei.

Ochneidiais. Roedd blwmin coffi'n boen. Hwnnw oedd yn ffrwtian yn barhaus yn y crochan mawr ar stof y Gegin Ddu. Roedd gofyn cario jŵg bob cam i lawr pedwar gris ar ddeg y Grisiau Serth i'w gyrchu. Hi'r Wrach fyddai'n llenwi'ch jŵg â jŵg arall a gedwid yn bwrpasol at y gwaith. Gofalai glirio'r croen o wyneb y coffi a physgota unrhyw beth arall na ddylai fod yn nofio ynddo cyn rhoi nòd o ganiatâd. Byddech wedyn yn ei gario'n ôl i'r caffi ac yn ei arllwys i'r cwpanau y byddai deGaulle wedi eu diheintio â'i hances boced.

Pan gyrhaeddais yn ôl o'r siwrnai hirfaith hon roedd Donal wrth y cownter. Roedd ei weld yn sefyll yno yn ei holl ogoniant yn ei grys glas, llachar a'i jîns du, tynn yn ddigon i beri i mi slopian y coffi dros fy ffedog. Cododd Valmai ei golygon i'r nenfwd seimllyd a thwtian o dan ei gwynt.

—Wyt ti'n pathetic!—sibrydodd yn fy nghlust wrth gario Coca Colas at ddwy ferch mewn shorts a fawr ddim arall yr oedd Donal yn eu llygadu â'i lygaid gleision.

Tasgodd y coffi'n rhaeadr ewynnog i mewn i'r soseri pan glywais ei lais yn gofyn am ei becyn arferol o sigaréts.

—*Ten Guarrds, please, Mr Charrles.*

Gwyddel bach tywyll, golygus, llygatlas yn creu hafoc ag emosiynau brau croten un ar bymtheg oed. Fel'na roedd hi yn y Carlton Restaurant bob bore yn ystod yr haf pell hwnnw, pan alwai Donal o Donegal am ei ddogn feunyddiol o '*Guarrds*'.

—*And how arre you, Elerri?*

—*Fine-thank-you-Donal.*

Penderfynais actio'n non-sha-lant, fel petai dim ots yn y byd ei fod yn digwydd sefyll yno, yn digwydd dyblu pob llythyren 'r', yn digwydd tasgu glesni'i lygaid rhyfeddol dros y lle i gyd. Gosodais y cwpanau coffi ar y bwrdd o flaen yr Anoracs a throi a gwenu'n heulog arno.

—*Arre you verry busy, Elerri?*

—*Yes, very . . .*

—*An' will you be busy this evenin' as well?*

Ymhen blynyddoedd i ddod fe gofiwn yr eiliad hon fel petai wedi ei cherfio ar farmor. Yr eiliad dyngedfennol y bûm yn disgwyl amdani ers canrifoedd. Gwyddel golygus o Donegal— Adonis ar ddwy droed—yn gofyn i *mi*—Sandie-Shaw-ddwy-stôn-yn-rhy-drwm—am ddêt!

Chwyrlïodd yr holl atebion posib drwy fy mhen fel storm dywod ar draeth Talacre.

—*I won't be busy at all / I'll be very busy / I'll be fairly busy —but not too busy.*

Ond fflachiodd ateb anhygoel o berffaith o wych fel mellten o'm ceg.

—*Maybe I will be busy, maybe not . . .*

Drwy gornel fy llygaid gwelwn Valmai'n gwingo draw wrth y Juke Box. Roedd hi'n esgus dewis record, ond mewn gwirionedd roedd hi'n clustfeinio ar ein sgwrs.

—*Me frriend Mickey an' me, we thought we'd make a fourrsome.*

Pedwarawd! Roedd y peth y tu hwnt i bob gobaith!

—*You an' me, an' Mickey an' you're frriend—whasserrname overr therre. He fancies herr does Mick.*

Gwyddwn fod *whasserrname* ar fin ffrwydro'n ddarnau mân. Teflais olwg draw ati i'w rhybuddio i beidio â mentro dweud dim. Ond roedd hi'n dal i esgus astudio'r rhestr recordiau.

—*Can you ask herr? An' call in the Black Cat when you finish worrk.*

Feiddiwn i ddim edrych ar Valmai.

—*We'll be waitin' forr you, Mickey an' me. Is that all rright?*

Roedd hynny'n berffaith.

—*See you, Elerri ...*

—*See you, Donal ...*

—Twll dy din di, Donald Duck! A Mickey Mouse hefyd!—gwaeddodd Valmai wrth ei gysgod, a ddiflannai drwy'r drws.

Roedd hi'n gynddeiriog. Saethai ei llygaid wenwyn pur ataf wrth i 'Needles and Pins—Uh' saethu o'r Juke Box y tu cefn iddi.

—Ond wedest ti bo' ti'n 'i ffansïo fe. Bore 'ma, awr 'nôl. Wedest ti bo' ti'n lico'i sbectol haul secsi e, a dim ond iddo fe whare'i gardie'n iawn ...

—Os 'dy'r diawl isio mynd allan efo fi, mi geith o ofyn i mi'n iawn, nid anfon 'i was bach pimplog.

Doedd Donal ddim yn bimplog. Roedd ei groen yn berffaith. Ond roeddwn i mewn gormod o berlewyg i ddadlau nac i gymryd sylw o hen gecru Valmai. Y cyfan a welwn oedd Donal a minnau'n cerdded law yn llaw ar hyd y Prom, yn syllu allan i'r môr ac yna'n troi i edrych i lygaid ein gilydd a chusanu yng ngolau'r machlud ...

—A phaid â meddwl 'mod i'n dŵad efo ti i'r blwmin Black Cat, heb sôn am fynd ar blwmin *foursome!*

—Gwna di fel lici di.

—Dim problem! A mynd adre i gael bàth a golchi 'ngwallt fydda i heno, nid llusgo rownd fel nyrsmêd i ti!

—A fyddi di ddim yn becso os eith Mickey gyda rhywun arall?

—'Becso'? Geith Mickey fynd i'r diawl!—gwaeddodd yn ddramatig, a martshio'n ffrom rhwng y byrddau tuag at dop y Grisiau Serth.

—A beth bynnag, ti gyn un broblem fawr! Fedri di ddim mynd allan efo Donald Duck na neb arall heno heb ofyn i Dada a Mama!

Hwyliodd o'r golwg gan fy ngadael yn gegrwth. Fel arfer, roedd hi'n hollol iawn ac, fel arfer, drwy sôn am fy rhieni, roedd hi wedi cyffwrdd â nerf, un ofnadwy o boenus. Roedd trefnu oed â Valmai, neu ag unrhyw fod gwrywaidd, yn debyg iawn i drefnu Cytundeb Heddwch Versailles. Roedd gofyn geirio'r mater yn ofalus iawn, a'i osod gerbron y pwyllgor ddyddiau, wythnosau o flaen llaw. Yna byddai'r pwyllgor— pwyllgor o ddau, dau unfryd eu barn a'u safonau moesol—yn ei ystyried yn ofalus.

Gwyddwn o brofiad y byddai trefnu oed â Donal Wyddel— 'Pwy yw e? Beth yw 'i waith e? O ble ma' fe'n dod? Pwy yw 'i rieni, a beth yw 'u gwaith nhw?'—ar fyr rybudd fel hyn, a heb ganiatâd y pwyllgor, yn siŵr o greu daeargryn.

—'*Ow much for the coffee, luv?*

Diflannodd y cyfan—Donal, y môr, y machlud, y gusan a'r ddaeargryn. Roeddwn yn ôl yn y Caffi Cachlyd, ac roedd General deGaulle yn fy mhrocio yn fy nghefn. Roedd halibalŵ'r dydd ar gychwyn—oriau maith o redeg i fyny ac i lawr y Grisiau Serth, o wenu'n deg a moesymgrymu. Byddai'n affwysol o brysur o hyn tan ganol y prynhawn. Ond wedyn—ar ôl galwad ffôn a pherswâd, ac addewidion fil i gadw'r llwybr cul ac i fynychu Cwrdd Gweddi Ieuenctid Henaduriaeth Clwyd yn Rehoboth, Prestatyn ymhen pythefnos—deuai chwech o'r gloch, a'r oed â Donal lygatlas.

Gwenais wrth glywed seiniau chwerw-felys y Searchers yn treiddio o gyfeiriad y Juke Box . . .

—*I saw her today, I saw her face, it was the face I love . . . Needles and Pins, Uh . . .*

Hir pob aros, medden nhw. Ond doedd yr hen air ddim yn hollol wir y diwrnod hwnnw. Gydag ychydig bach o lwc, a lot fawr o law, doedd dim amser yn ystod yr oriau nesaf i freuddwyd na pherlewyg na galwad ffôn adre na hyd yn oed ymweliad â'r toiled.

(Heb fanylu gormod, roedd yn well gan Valmai a minnau ddefnyddio un y shelter cyhoeddus dros y ffordd na mentro un y caffi, na welwyd erioed neb yn ei lanhau. Glynai hen ddarnau caled, brown wrth y peipiau, y waliau, y sêt a'r pan. Roedd hylif rhyfedd wedi'i gronni'n barhaus yn y sinc. A'r un lliain drewllyd oedd yn hongian y tu ôl i'r drws o fis Mehefin tan fis Medi. Roedd gan deGaulle a Reenee'r hawl i ddefnyddio toiled preifat y Wrach, hwnnw oedd drws nesa i'r spens, ond roedd owt-of-bownds i ninnau'r werin. Doedd hynny fawr o golled yn ôl y drewdod cyfoglyd a dreiddiai ohono, yn enwedig ar ôl ymweliad gan y Wrach.)

Heidiodd y 'gwneuthurwyr gwyliau', chwedl Valmai, fel defaid gwlyb i mewn i'r Carlton am oriau, nes bod y lle'n un llyn stecsllyd o blastic-macs a Pixie-caps ac ymbarels gwlyb a stêm. Roedd pawb a phopeth yn flin—y defaid, eu cŵn diferol a sodrwyd yn ddiseremoni o dan y byrddau, Valmai, deGaulle a Reenee. Yn enwedig Reenee. Roedd 'y diafol ei hunan yn mygu o'i chlustie hi', fel y byddai Dada'n ei ddweud. ('O'i thin hi' oedd dywediad Tad-cu Bancffosfelen, tad Dada. Ond credai Dada mewn cynildeb.)

—Rhaid bod Nicolette y Drwyn wedi bod yn annioddefol y bore 'ma eto—sibrydodd Valmai.

Cannwyll llygad ei mam oedd Nicolette y Drwyn. Doedd dim byd yn ormod gan Reenee ei wneud drosti—golchi a smwddio'i dillad, paratoi swper iddi bob nos, gofalu bod cinio parod ar ei chyfer bob dydd, a rhoi arian poced sylweddol iddi bob yn eilddydd. Deallem hyn i gyd drwy glustfeinio ar sgyrsiau dros-baned boreuol Reenee, deGaulle a'r Wrach. Roedd Reenee'n gorfod magu Nicolette y Drwyn ar ei phen ei hunan, gan fod Mac, tad Nicolette, wedi diflannu'n ôl i Glasgow pan oedd Reenee'n feichiog, un mlynedd ar bymtheg yn ôl.

—*An' good riddance to bad rubbish an' all!*—poerai Reenee gydag arddeliad bob bore wrth deGaulle a'r Wrach.

Doedd Nicolette ddim yn gorfod gweithio dros yr haf.

—*I'm tellin' you, Ezmore an' Agnes, no daughter of mine is going to work 'er fingers to the bone!*

Roedd Nicolette yn lwcus yn hynny o beth oherwydd byddai'r *nail-varnish* coch a'r modrwyon arian a ddiferai o'i bysedd wedi cael tipyn o gnoc petai hi'n gorfod crafu cocrotshys o'r llawr. A fyddai fawr o obaith i'r trwch mêc-yp euraid a'r mascara glas ym mwrllwch seimllyd y caffi a'r Gegin Ddu. Treuliai ei gwyliau haf yn cerdded yn ôl ac ymlaen ar hyd yr High Street gyda'i ffrindiau, yn llygadu bechgyn, yn siopa am ambell ddilledyn neu record, gan gael saib bach haeddiannol nawr ac yn y man yn y Roma, y bar coffi newydd yr oedd pawb oedd yn rhywun yn ei fynychu.

Beth bynnag, erbyn dau o'r gloch y prynhawn roedd pawb yng ngyddfau'i gilydd. Roedd Reenee'n beryg bywyd, a'r unig peth call i'w wneud oedd ei hanwybyddu. Roedd hi'n amlwg fod Valmai wedi penderfynu anwybyddu Reenee a phawb a phopeth arall, gan fy nghynnwys i, ei chwsmeriaid a deGaulle. Ceisiai hwnnw ei orau glas i fod yn rhan o'r wal y tu ôl i'w gownter. Ceisiai'r Teuluoedd Bach Dedwydd candi-fflos-bwced-a-rhaw eu gorau glas i fod yn ddedwydd. Onid oedden nhw, wedi'r cyfan, ar eu gwyliau yn Sunny Rhyl? Ond methiant affwysol oedd pob ymdrech. Gwaeddai'r rhieni ar ei gilydd ac ar eu plant; gwaeddai'r plant ar ei gilydd ac ar eu rhieni. Gwaeddai pawb ar eu cŵn ac arnon ni, gan ein beio am ansawdd y bwyd a'r gwasanaeth, am y glaw, am y stêm ar y ffenestri, am y tywod yn eu clustiau ac am eu syrffed cyffredinol.

Dwy yn unig yng nghanol y diflastod pur a lwyddai i wenu'n hapus drwy'r cyfan—fi, a Miss Sunny Rhyl fronnog, frown ar y poster ar y wal. Roedd hi wrth ei bodd yn taflu pêl-draeth amryliw at rywun anweledig yn y môr. Ro'n i dros fy mhen a'm clustiau mewn cariad â Donal o Donegal . . .

Dan-ddaear yn y Gegin Ddu roedd pethau'n llawer gwaeth. Roedd y Wrach yn ffrwtian yn beryglus, a Mrs Don't-Bring-Me-Any-More-Dishes! yn ei dagrau eto fyth, a'r rheiny'n diferu i lawr ei bochau D. J. Williams gan syrthio blop i'r dŵr-saim melyn yn y sinc.

Roedd Mrs Don't-Bring-Me-Any-More-Dishes! yn broblem. Dim ond o ran pryd a gwedd yr oedd hi'n efaill i D.J. Roedd ganddi'r un wyneb crwn, fel afal aeddfed, yr un llygaid gwiwerog, yr un sbectol fach gron a'r un stwcyn o gorff. Ond doedd dim rhadlonrwydd na bodlonrwydd yn perthyn iddi. Roedd hi'n un lwmpyn o ddigalondid, a doedd neb yn gwybod sut i'w thrin.

Cadwai ei het ddu ar ei phen yn ystod ei theirawr beunyddiol yn y Gegin Ddu. (Roedd hi'n het ryfedd o debyg i'r un a wisgai Mama i angladdau flynyddoedd a fu, cyn iddi ei chyflwyno i Ffair Sborion y capel.) Chlywyd hi erioed yn torri gair sifil â neb, dim ond gweiddi *'Don't bring me any more dishes!'* ar unrhyw druan ffôl a feiddiai fynd â llestri budr o fewn llathen iddi. O ganlyniad, ychydig iawn o lestri a olchai. Pwysai'n wargam dros y sinc, ei het ar ei phen, ei choesau pwt ar led, ei dwylo eiddil yn ymbalfalu yn y dŵr a'i dagrau'n llifo. Mentrodd Valmai ofyn iddi unwaith beth oedd yn ei phoeni. Ochenaid ddolefus o ddyfnder ei henaid a gafodd yn ateb.

Doedd neb yn gwybod dim o'i hanes—a oedd ganddi deulu na ble roedd hi'n byw. Roedd wedi cerdded i mewn i'r caffi un diwrnod ar ddechrau'r haf a gofyn am waith. Chwarae teg i'w galon fach feddal, wrth weld hen wreigen fach drist yn ymbil arno, roedd y General wedi cynnig gwaith golchi llestri iddi'n syth. Ond roedd wedi difaru ar unwaith, yn enwedig ar ôl cael pryd o dafod gan y Wrach.

Pan gyrhaeddai am hanner dydd ei defod gyntaf, cyn tynnu ei chot fawr frown a'i hongian gyda'i bag bach du y tu cefn i'r drws, oedd gosod ei chloc larwm ar y silff uwchben y sinc. Gwyddai pawb fod amser y cloc hwn yn cerdded ar y blaen o chwarter awr i amser pawb arall, ond fentrai neb dynnu ei sylw at yr amryfusedd. Pan ganai'r cloc yn aflafar iawn am dri, hynny yw am chwarter i dri pawb arall, tynnai ei dwylo coch o'r dŵr, eu sychu'n frysiog, gafael yn ei chloc a'i chot a'i bag a'i baglu hi allan heb ffarwelio â neb.

Ond yno yn ei dagrau yr oedd hi'r prynhawn diflas hwnnw. A rhwng ei hwyl ddrwg hi a'r Wrach roedd y Gegin Ddu yn lle peryglus iawn. Roedd hyd yn oed Richard the Lionheart Druan, a orfodwyd i helpu gyda'r coginio, yn annodweddiadol o bigog.

—Dau Special Mixed Grill—un heb domatos; un Egg-chips-an'-beans, a dau Cod-an'-Chips heb y pys, plîs Richard—llafrganodd Val a thaflu'r archeb o'i flaen.

—*Piss off!*—tasgodd Richard the Lionheart Druan.

Cododd y Wrach ei haeliau prin, ochneidiodd Mrs Don't-Bring-Me-Any-More-Dishes!, gwenais innau i grombil torth sleis, a syllodd Val yn syfrdan ar Richard the Lionheart Druan.

—A be dwi wedi'i neud iti'r bwbach? Ti gyn broblem neu rywbeth?

Penderfynodd Richard ei hanwybyddu a thaflodd gynhwysion y Special Mixed Grill—cig moch, sosejys a phwdin gwaed—i mewn i saim y ffreipan fawr. Tasgodd y cyfan yn gymylau dros ei sbectol. Sibrydodd Valmai'n gwbl anghynnil y tu ôl i'w llaw.

—Poeni am fory mae o, 'sti. Mi geith gythgam o siom os na cheith o bedair 'A'.

Roedd ei lwyddiant addysgol ysgubol, a hynny er gwaethaf ei fagwraeth lem, yn ddiarhebol, ac roedd y chwedlau am ei deulu'n rhan o lafar gwlad. Teulu un-rhiant—pump o fechgyn, a Jacko'r tad alcoholic a fyddai'n eu curo'n ddidrugaredd bob nos Sadwrn, medden nhw. Bocs o dŷ cyngor gwarthus ei gyflwr—pentwr o sbwriel yn yr ardd, cardbord dros y ffenestri, dim gwres, ac un bylb letric gwan yn goleuo'r holl le, medden nhw. Richard, yr hynaf, fyddai'n gwarchod y lleill rhag dyrnau meddw'r hen Jacko, medden nhw. A byddai'n rhaid iddo aros yn amyneddgar bob nos i Jacko rochian cysgu ar y soffa cyn mynd â'r bylb letric i'r llofft i studio—medden nhw.

—Ond gyn 'i dad y cafodd 'i frêns, medde Dad—honnodd Valmai pan oedden ni'n ei drafod yn ddifrifol unwaith yn y Stafell Ddirgel.

—Hen hwren oedd 'i fam. Ddaru hi ddiflannu efo morwr mawr o Birkenhead pan oedd yr ienga'n fabi. 'I thin hi'n lletach na'i phen hi, medde Dad.

Roedd ebychiad cwrs Richard wrth Valmai wedi peri cymaint o syndod i'r Wrach fel y bu'n rhaid iddi ddiflannu ar frys i'w thoiled a chau'r drws yn glep. Fe'i clywem yn bustachu, ac yn ôl ei sŵn fyddai hi ddim yn ôl am dipyn, os o gwbwl. Roedd

Mrs Don't-Bring-Me-Any-More-Dishes! yn dal i blygu dros y sinc.

Er bod Valmai a minnau wedi'n syfrdanu gan ei dymer ddrwg annisgwyl, roedden ni'n fwy na pharod i faddau i'r hen Lionheart Druan. Syllais arno'n sychu ei ddwylo seimllyd yn ei ffedog frown. Disgleiriai ei blorod yng nghanol y diferion saim ar ei foch.

—Crio mae o, 'sti—sibrydodd Valmai.

—Shh! Bydd ddistaw!

—Wir yr! Sbia!

Arllwysodd Richard sglodion seimllyd ar dri phlât. Ychwanegodd bysgodyn a phys-slwtsh ar ddau, hansh o stêc-an'-cidni-pei at y llall, a hanner tomato a thusw o letus gwywedig ar y tri. Yna sychodd ei foch â llawes ei grys.

—Ddeudis i, on' do?—gwenodd Valmai'n fuddugoliaethus.

Tynnodd hances wen o'i phoced a sibrwd eto.

—Rho hon iddo fo. A gyda llaw, wyt ti wedi ffonio Dada a Mama ynglŷn â heno?

Gwenodd eto, yn slei y tro hwn, cyn balansio'r tri phlât a phlât o fara menyn ar ei breichiau, a hwylio fesul dau ris ar y tro i fyny i'r caffi. Ond y funud honno doedd yr alwad ffôn dyngedfennol i'r Mans ddim cweit mor dyngedfennol ag y tybiwn. Poenwn am Richard the Lionheart Druan, a'i ymennydd ysblennydd. Roedd yn gaethwas yn ei gartref digysur ac yma yn nyfnderoedd y Gegin Ddu. Roedd yn fodlon dioddef dedfryd waeth na marwolaeth, sef llenwi cornets a weffyrs i wehilion o Brummies a Scowsers, a diferu chwys a dagrau i ganol saim sglodion a Special Mixed Grills. Mynnai ddioddef uffern Sunny Rhyl yn yr haf er mwyn mwynhau paradwys Coleg Rhydychen yn yr Hydref. A hynny er mwyn Addysg! Dyna beth oedd aberth. Ond fy nghamgymeriad mawr i'r funud honno oedd crybwyll hynny wrtho.

—Richard . . .—mentrais yn ofalus wrth barhau i daenu marjarîn dros fynydd mawr o fara.

—Ie?—atebodd, gan dorri tri wy i mewn i'r ffreipan fach a throi'r cig moch, y pwdin gwaed a'r sosejys yn yr un fawr â spatula bren.

—Wyt ti'n dipyn o foi. Yn fodlon gweithio yn y twll-din-byd 'ma er mwyn cael arian i fynd i'r coleg.

—Pam wyt ti a Valmai'n gweithio yma?

—Er mwyn cael arian i enjoio'n hunen.

Ac er mwyn cael dianc o'r Mans a gweld tipyn ar y byd, meddyliais. 'Ehangu gorwelion a magu profiad,' chwedl Anti Edith, chwaer Mama, 'yn hytrach na gwagsymera a chicio'ch sodlau.' Cytunai Mama a Dada bod mynd allan i weithio yn 'syniad da'. Roedden nhw wedi hen flino ar ein hantics ni'n dwy haf ar ôl haf, yn gwneud dim ond nofio yn y Lido a gorweddian yn yr ardd pan fyddai'n braf, a gwrando ar recordiau neu Radio Caroline, a lliwio'n hewinedd a'n gwalltiau pan fyddai'n wlyb. Ond roedden nhw wedi mynnu rhoi sêl eu bendith ar y Carlton drwy ymddangos yn ddirybudd un o'r dyddiau cyntaf ac archebu *Afternoon Tea* i ddau. Fe lwyddon ni i'w gosod i eistedd wrth fwrdd cymharol lân, ac i gael gafael ar lestri cymharol deidi i'w gosod o'u blaenau. Roedd deGaulle ar ei orau y diwrnod hwnnw. Gwnaeth argraff aruthrol ar Mama a Dada gan iddo addo y byddai'n ein gwarchod â'i fywyd. Welson nhw mo'r Wrach na Flash na'r Gegin Ddu na'r un gocrotshen fyw na marw. Ac fe lwyddodd y Carlton yn ei brawf.

Roedd Richard erbyn hyn yn syllu'n rhyfedd arnaf drwy ei sbectol seimllyd. Yna trodd yn ôl at y stof ac arllwys llond bwced o sglodion i mewn i saim berwedig a chau'r caead arnyn nhw cyn troi i syllu'n rhyfedd arnaf unwaith eto.

—Eleri, dwi gyn breuddwyd—meddai'n sydyn.

—O?—atebais. Wel, doedd fawr ddim arall y medrwn ei ddweud.

—Dwi gyn breuddwyd o fynd i Rydychen a chael gradd dosbarth cyntaf mewn Hanes. Mae hyn yn bwysig iawn i mi. Dyna'r unig beth pwysig yn fy mywyd.

Roedd yn dal i syllu arnaf drwy ei sbectol seimllyd.

—A beth wedyn?

—Dianc. Teithio'r byd. Bod yn rhydd. Bod yn fi fy hun . . .

Roedd y ffordd y syllai arnaf yn f'anesmwytho.

—Wel, whare teg i ti, wir. A phob lwc fory.

37

Gafaelais yn fy mhlatied bara menyn a throi am y Grisiau Serth. Ond pan o'n i ar y trydydd gris, sibrydodd f'enw.

—Eleri—meddai eto, yn gliriach y tro hwn.

Trois i edrych arno.

—Dwi gyn feddwl mawr ohonot ti. Mwy na hynny, dwi gyn feddwl y byd ohonot ti. A dweud y gwir . . .

Roedd yn gafael yn dynn yn ei spatula ac yn ceisio sychu'i sbectol â'i ffedog.

—Eleri, dwi'n dy garu di. Dwi wedi dy garu di ers amser. Byth ers y noson yne ar y Gop.

Byseddais ambell dafell. Roedd y ffreipan fawr yn mygu'n braf, a'r wyau yn y ffreipan fach yn tasgu dros bob man.

—Saith wythnos . . . dau ddiwrnod a . . .

Edrychodd ar ei watsh a chau ei lygaid am rai eiliadau . . .

— . . . a deunaw awr a hanner.

Rhaid 'mod i wedi edrych yn dwp arno.

—Noson barbeciw'r Aelwyd. Ond dwyt ti ddim yn cofio . . .

Gwibiodd fy meddwl dryslyd yn ôl i'r noson falmaidd honno ym mis Mehefin. (Cofiwn ei bod yn noson falmaidd gan fod Idris Farfog, Ein Harweinydd, wedi gwneud jôc am noson Valmai-dd a bod neb wedi chwerthin a bod Valmai wedi gwgu arno. Pan fyddai hi'n gwgu roedd hi'n edrych yn union fel y Frenhines Gas yn y cartŵn *Snow White*, honno sy'n genfigennus o Snow White, druan, ac yn trio'i chael i fwyta'r afal coch ac i bigo'i bys yn y dröell.)

Beth bynnag, roedd Idris Farfog wedi'n harwain un ac oll yn fintai llon i gopa'r Gop, ac wedi plannu dwy faner—y Ddraig Goch a lliwiau'r Urdd—yn sownd rhwng dwy graig 'er mwyn cychwyn pethe'n iawn, ynte'. Yna cynheuwyd anferth o dân yr oedd Idris, a Marian Flewog, ei ddirprwy, wedi ei osod yn ofalus y diwrnod cynt er mwyn arbed amser. A chyn i ni addo dim i Gymru, i'n Cyd-ddyn nac i Grist, roedd sosejys yn ffrwtian mewn ffreipan enfawr, ac roedd yr awyr uwchben Dyserth a Threlawnyd yn fflamgoch ac yn atseinio â 'Dathlwn Glod Ein Cyndadau' a 'Bing Bong Be'.

Ceisiais fy ngorau i osod Richard the Lionheart Druan yng

nghanol y llun. Ond doedd gen i ddim cof ei fod ymhlith yr ugain neu fwy ohonom oedd yno'r noson honno. Cofiwn weld Valmai a Geraint Roberts yn llygadu ei gilydd yn chwantus yng ngolau'r fflamau ac yna'n diflannu'n llechwraidd i ganol yr eithin. Roedd hyn wedi peri cryn loes imi gan fod y diawl bach wedi rhoi'r argraff yng nghyntedd y Gampfa'r prynhawn hwnnw, a hynny yng nghlyw Valmai, ei fod yn fy ffansïo i fel y diawl. Penderfynais beidio â thorri gair â Valmai byth eto. Ond pan ddychwelodd o'r eithin ymhen dwy funud fflat gan fotymu ei blows a sibrwd 'hen sglyfeth!' o dan ei gwynt, cafodd faddeuant yn syth. Gwrthododd fanylu sut yn union y tramgwyddodd Geraint Roberts, dim ond nodi ei fod 'fel hen octopws anghynnes'.

—Neu hen bry *Gop!*—atebais mewn fflach o wreiddioldeb prin a feirniadwyd â gwg.

Gallwn daeru nad oedd Richard yn y barbeciw. Do'n i ddim wedi'i weld yn yr Aelwyd ers hydoedd. Byddai'n ymddangos yn achlysurol ac yn sefyllian yn chwyslyd anghyfforddus ar y cyrion. Wel, doedd ganddo fawr o ddiddordeb mewn dawnsio gwerin na gymnasteg na chanu i gyfeiliant gitâr Idris Farfog— doedd gen innau ddim chwaith, erbyn meddwl, ond 'mod i'n fodlon esgus ac actio'r rhan er mwyn bod fel pawb arall. Doedd Richard byth yn cael cystadlu mewn unrhyw gwis, chwaith, am ei fod yn gwybod yr atebion i gyd. Felly doedd ryfedd yn y byd ei fod yn cadw draw. A doedd dim sôn amdano yn y barbeciw, ro'n i'n siŵr o hynny . . .

—Roeddet ti'n ddel iawn y noson honno, fel arfer—meddai'n sydyn, gan fy nhynnu'n ôl o'r Gop i fwrllwch y Gegin Ddu.

Roedd cynhwysion y Mixed Grill yn gor-ffrwtian erbyn hyn a'r wyau wedi hen galedu.

—Roeddet ti gyn ffrog orenj, mini . . .

Ro'n i wedi difaru peidio â gwisgo trowsus fflêr fel pawb arall. Ond roedd fy nhin yn rhy fawr, a'r coesau'n rhy fyr, yr un hen stori . . .

—. . . Ac roeddet ti gyn ruban gwyn yn dy wallt.

Alice band, mewn gwirionedd . . .

—Ac roedd dy goesau di'n frown . . .

Neilons *American Tan* o Marks—neu a oeddwn bryd hynny wedi dechrau arbrofi â'r *Super Sun-In Lotion for Arms and Legs* a ddaeth yn rhan mor hollbwysig o'm toilet wythnosol dros yr haf?

—Ac roedd dy wefusau di'n binc, binc . . .

Lipstic Rimmel o Woolworth . . .

—Richard! Lle ddiawl o't ti'r noson honno? Do't ti ddim yn y blwmin barbeciw!

—Ddim yn swyddogol . . .

Gwridodd. Er fod ei wyneb eisoes fel tomato, gwridodd at fôn ei glustiau.

—Well i mi gyfadde, ie?

—Ie!

—Wel . . .

Roedd yn cael cryn drafferth i gyfadde. Rhoddodd sgytwad i gynnwys crimp y ffreipan fawr a chymryd anadl hir.

—Tu ôl i graig oeddwn i—lle'r oedd y Ddraig Goch yn cyhwfan.

Cofiwch mai hanesydd-drwy-gyfrwng-y Gymraeg ydoedd.

—Do'n i ddim gyn digon o gyts i ddŵad allan a bod yn rhan o'r criw. Eistedd y tu ôl i'r graig am awr a hanner, dyna beth ddaru mi, yn gwrando arnoch chi'n canu, yn gwylio pawb yn sglaffio'r sosejys a'r crisps a llowcio'r sudd oren. Ac ar ôl i Idris orffen dweud yr Epilog, ar ôl i chi ganu 'Arglwydd mae yn nosi', ddaru mi ruthro am fy meic a mynd am adre. Ond erbyn hynny, ro'n i wedi syrthio mewn cariad efo ti. Do'n i ddim yn medru cysgu winc. A bob dydd roeddwn i'n edrych arnat ti yn yr ysgol, yn gobeithio . . .

—Yn gobeithio beth?

—Y byddet yn sylwi. A fan hyn yn y caffi, roeddwn i'n gobeithio hefyd . . . Ond dwyt ti ddim wedi—naddo?

—Wedi beth?

—Sylwi.

Teimlwn fel bradwr mwya'r byd wrth ysgwyd fy mhen.

—Dim o gwbwl?

40

—Naddo—sori . . .

—Na, does neb byth yn sylwi ar Richard . . .

Beth newch chi â hen soffti fel'na? Diolchais nad oedd Valmai yno neu fe fyddai wedi chwerthin.

—Diolch am beidio chwerthin.

Roedd fy llygaid yn llawn dagrau.

—Richard—sibrydais mor dyner ag y medrwn.

—Ie?

—Fydde'n well i ti ddiffodd y stof 'na. Ma'r mwg yn tynnu dŵr i'n llyged i. A beth am y bwyd?

—Damia'r bwyd!

Yn sydyn, rhuthrodd draw at waelod y Grisiau Serth a sefyll yno'n syllu arnaf, ei spatula yn ei law a'i fochau'n llifo. Teimlwn fel taswn i'n dduwies Roegaidd ar bedestal, a'r plât bara menyn yn llestr offrwm yn fy llaw. Trodd Mrs Don't-Bring-Me-Any-More-Dishes! ei phen i edrych arnom. Yna ochneidiodd a throi'n ôl at ei gorchwyl ddiflas.

—Eleri, dwi'n deud wrthat ti, mae'n *rhaid* i mi ddeud wrthat ti, neu mynd ar fy mhen i Ysbyty Dinbych! Dwi'n dy garu di'n fwy na neb arall yn y byd. Byddaf yn dy garu di am byth. A dwi isio i ti . . .

Torrwyd ar ei ddymuniad gan grawc y Wrach.

—Richard! Beth sy'n digwydd fa'ma? Mae hi fel y fagddu! Richard, trowch y stof yne i ffwrdd ar unwaith cyn i ni gyd fygu i farwolaeth. A chithe, Eleri—'dech chi'n meddwl elle y base hi'n well i chi fynd â'r bara menyn yne i fyny i'r caffi? Cyn iddo fo sychu'n grimp?

Roedd yr ateb amlwg ar flaen fy nhafod—bod y bara'n grimp yn barod. Ond daeth gras o rywle ac ymataliais. Teflais un edrychiad yn llawn cydymdeimlad ar Richard the Lionheart Druan, a dringais y Grisiau Serth gan ei adael yn syllu drwy ei ddagrau ar fy nghoesau pwt.

Yn ôl yn y caffi roedd y sefyllfa'n argyfyngus gan fod Reenee'n cael un o'i Sterics Anferthol. Roedd newydd sylweddoli bod Valmai wedi cyflawni'r Pechod Anfaddeuol, sef torri Rheol Aur anysgrifenedig ein chwaeroliaeth. Roedd wedi meiddio ehangu ei ffiniau, mentro i diriogaeth Reenee, gweini ar un o'i byrddau —a phocedu'r hanner coron o dip. I bwysleisio maint ei phechod dylwn egluro mai'r pedwar bwrdd pellaf o'r drws oedd fy nhiriogaeth i, y pedwar canol oedd yn eiddo i Valmai a'r rhai nesaf at y drws oedd rhai Reenee. Hi gâi'r fargen orau. Roedd ei phrofiad helaeth yn y Carlton a'i hastudiaeth fanwl o'r natur ddynol wedi peri iddi ddod i'r casgliad mai at y byrddau nesaf at y drws y sleifiai pobol fel arfer. Yn sicr, ei byrddau hi a ddenai'r mwyafrif o'r cwsmeriaid 'solid', sef y rhai a fyddai'n debygol o archebu pryd o fwyd yn hytrach na the neu goffi. A'r rheiny fyddai'n talu'r tips gorau.

Roedd y General yn pigo'i drwyn yn awchus—arwydd o'i nerfusrwydd. Oherwydd nid un i chwarae â hi oedd Reenee â'i gwrychyn wedi'i godi. Os nad oedd hi'n fawr o ran corff, roedd ei thymer yn ddigon i beri arswyd ar y dyn cryfa. A doedd y General ddim yn un o'r rheiny. Ond roedd Valmai walltgoch yn ffrwydro'n hawdd iawn hefyd. Poerodd Reenee fel sarff.

—*How many times have I told you to keep off my tables, Valmai?*

—*For the n'th time Renee, I was only doing you a favour, seeing as you couldn't cope . . .*

—*Couldn't cope!*

—*Yes. An' panickin' as you were . . .*

—*Panickin'!*

—*An' runnin round in circles. I thought I'd help you out, that's all.*

Roedd y ddwy yn sibrwd, ond man a man a Sianco tasen nhw wedi gweiddi nerth esgyrn eu pennau ar ei gilydd, gan fod pawb yn y caffi'n clustfeinio arnyn nhw ac yn ysu am weld beth ddigwyddai nesa.

—*Give me that half-a-crown, Valmai.*

—*No!*

Yn ddirybudd hollol, gafaelodd Reenee yn ffedog Valmai a cheisio'i thynnu tuag ati. Ond gwthiodd Valmai hi'n ôl â grym aruthrol y cyfiawn—un a ddigwyddai hefyd fod yn bencampwraig yr ysgol ar daflu'r waywffon, ac a luchiai defaid corniog ei hewythr i dwba o ddisinfectant heb feddwl ddwywaith am y gamp. O ganlyniad, rhwygwyd ffedog Valmai a syrthiodd Reenee'n ôl gan daro'r troli llestri-budr nes bod slops yn tasgu dros bawb a phopeth, gan gynnwys jaden o Ena Sharples ddansherus yr olwg mewn rolers-gwallt pinc.

—*Eh, by gum!*—ebychodd honno wrth deimlo'r te oer yn llifo rhwng ei dwyfron nobl.

—Reit—dyne ddigon—*that's enough!*—sibrydodd deGaulle cyn tagu a pheswch i'w hances boced. Yna brasgamodd fel refferî rhwng y ddwy gan roi ei freichiau ar led.

—Reenee! Valmai! Dyne ddigon! *That's enough!*

—Fi, Mister Charles! *Hi* sy'n ymosod arna *i!*

—*I 'aven't finished with the little bitch yet, Ezmore!*

Dechreuodd un neu ddau o'r cwsmeriaid guro dwylo mewn cymeradwyaeth.

—*Seconds out!*—gwaeddodd wag clustdlysog o'r bwrdd wrth y drws.

Dechreuodd ambell un arall weiddi am waed. Roedd pethau'n dechrau mynd dros ben llestri.

Ac yna siaradodd—ie, *siaradodd* y General.

—*Reenee, take your dinner break.* Valmai, dyma'r rhybudd olaf.

Siarad—nid sibrwd—a hynny ag awdurdod un a ddisgwyliai ufudd-dod. Hoeliwyd llygaid pawb ar Reenee a Valmai yn syllu ar deGaulle yn llawn rhyfeddod. Penderfynodd Reenee ildio ar unwaith. Taflodd un fflach o gynddaredd at Valmai cyn sleifio fel Flash newydd gael enema i lawr y Grisiau Serth i'r Gegin Ddu i ddweud ei chwyn wrth Wrach yr Woodbine.

Roedd Ena Sharples a dau neu dri arall wedi hen ddianc allan i ddiogelwch cymharol y Prom. Ymlaciodd y gweddill, gan wenu ac ysgwyd eu pennau ac ailddechrau ar eu bwyd. Llongyfarchodd ambell un Valmai'n gynnes gan sibrwd '*Better luck next time, ducks*' wrthi. Roedd hi'r bitsh fach wrth ei bodd— yn Victoria Ludorum unwaith eto.

Diflannodd awdurdod annisgwyl a hollol annodweddiadol y General ar unwaith. Ciliodd yn ôl i'w guddfan y tu ôl i'r cownter, ac eistedd ar ei stôl a thanio sigarét. Y cyfan a welem am y pum munud nesaf oedd cylchoedd mwg yn esgyn fry i'r nenfwd. Ac yna'n sydyn fe benderfynodd fynd allan ar 'neges bwysig'. Gwyddem y byddai'n ôl ymhen awr yn hymian 'Arafa Don' . . .

Bu'n rhaid i mi slafio'n galed weddill y prynhawn gan fod Reenee wedi pwdu'n lân, ac wedi cymryd dros awr i ddweud ei chwyn wrth y Wrach, a chan fod Valmai wedi penderfynu gweithio ar delerau *work to rule*, sef gwrthod gwneud gwaith Reenee, a gwneud ei gwaith ei hun mor araf ag oedd modd. Yn ei hwyliau addfwyn 'Arafa Donaidd', doedd y General ddim yn ddigon o ddyn i arthio arni i fihafio, a doedd hithau'n cymryd dim sylw o arthio'r Wrach.

Felly fe'm daliwyd i, Muggins, yn y canol fel arfer, yn gweini ar fyrddau Reenee, ac yn ymdrechu i dawelu'r dyfroedd tymhestlog rhwng Valmai a Reenee, Valmai a'r Wrach a Valmai a'r General. Ro'n i hefyd yn ymdrechu i osgoi Richard the Lionheart Druan, tasg anodd iawn yng nghyfyngder y Gegin Ddu. Ar ben hyn i gyd ro'n i wedi addo gweithio hanner awr ecstra.

Ond drwy'r oriau meithion o dyndra, roedd un peth yn fy nghynnal. Fy oed gyda Donal . . .

Pan gyrhaeddais y Stafell Ddirgel am bum munud i chwech, ro'n i wedi blino'n garn ac yn chwys drabŵd. Roedd Valmai wedi gorffen gweithio ers dros hanner awr, ond er ei bod wedi bygwth drwy'r dydd ei bod am fynd adre'n syth i gael bàth a golchi'i gwallt a mynd i'w gwely'n gynnar, yno yn y Stafell Ddirgel yr oedd hi, yn gorweddian ar y soffa. Roedd hi'n edrych ac yn gwynto'n ffres ac yn bur yn ei ffrog mini *broderie anglaise* a'i bŵts plastig gwyn. Roedd wedi ymbincio, roedd pob blewyn o'i gwallt yn ei le a smociai Players Mild yn hamddenol. Gwenodd ei gorchymyn.

—Clo'r drws, Ler.

Edrychais yn syn arni. Chwythodd fwg o'i cheg ac amneidio at ddau follt bach, un ar dop y drws a'r llall ar ei waelod.

—Dwi newydd 'u rhoi nhw yne.

—I beth? A ble cest ti nhw?

—Woolworths. Mae arnat ti swllt a chwech i mi.

Tynnais y bolltiau i'w lle ac ysgwyd fy mhen arni.

—Wel? 'Den ni'n saffach rhag General Peeping Tom rŵan, tyden? A'r hen Richard the Lionheart Druan. Gyda llaw, be ddiawl 'dy'r mater efo fo? Mi aeth o adre yn 'i ddagre . . .

—'Sda fi ddim amser i fecso amdano fe na neb arall—atebais yn swta gan dynnu'r oferôl a chwilota ym mherfeddion fy nyffl-bag am y Mum Rollette a'r talc In Love. Roedd y Rollette yno, reit ar y gwaelod, yng nghanol y sothach i gyd. Ond doedd dim sôn am y talc.

—Dyma fo.

Estynnodd Valmai'r galon fach blastig binc i mi. Hwnnw oedd ein ffefryn ni'n dwy ar y pryd. Ond defnyddiai Valmai f'un i yn hytrach na phrynu un ei hun, ac roedd hynny'n fy ngwneud yn flin.

—Pwy hawl s'da ti i dwrio yn 'y mag i, Valmai? Ac am yr enfed tro, pam ddiawl na phryni di beth dy hunan? Ti'n gwbod pwy mor ddrud yw e!

—Sori—mwmbliodd Valmai, heb edrych yn sori o gwbwl.

—A Valmai, wyt ti'n bwriadu dod 'da fi i'r Black Cat ne' beidio?

—Am yr enfed tro—nac'dw! Ac wyt *ti* wedi ffonio Dada a Mama i gael caniatâd?

—Na'dw! Ond 'y musnes i yw hynny!

—Wel dwi gyn ofn mai Trydydd Rhyfel Byd fydd hi! Atomic, Niwcliar, Chemical, Germ Warfare. Y blydi lot!

—Cau dy blydi geg, a chau'r zip 'ma!

Y bore hwnnw, drwy ryw ryfedd wyrth, ro'n i wedi penderfynu gwisgo fy ffrog crêp Mary Quant â'r deiamwntiau du a gwyn drosti. Roedd hi braidd yn dynn yng nghyffiniau fy mhen-ôl ac o dan fy ngheseiliau, ond roedd hi'n gwneud i mi deimlo'n reit *'with it'* a *'hip'*. Sefais ar flaenau fy nhraed o flaen y drych toredig a bwysai'n simsan yn erbyn y lle-tân.

—Valmai, gwed dy farn.

—Wel . . .

—Dere, gwed y gwir.

—Dwi'n licio Mary Quant, yn enwedig y rhai du a gwyn yne . . .

—Ond ma' hi'n 'neud i fi edrych yn dew a wyt ti'n gwbod hynny'n iawn. 'Na fe, 'sdim dewis 'da fi. Fydd raid i fi 'i gwisgo hi.

—Mynd i ddeud o'n i . . .

—Os gwisga i'r gardigan 'ma drosti . . . Reit, 'na welliant. Ma' hi'n cwato lot o wendide.

—Ti a dy 'gwato'. Mynd i ddeud o'n i, taswn i'n cael hanner siawns, bod y ffrog yn edrych yn neis iawn.

—Ti'n siŵr?

—Am yr enfed tro, Ler, yndw! Heb y blwmin gardigan wirion yne. Hwde, gei di fenthyg hon . . .

Taflodd ei siaced ledr ddu ataf ac aros am f'ymateb. Syllais arni'n syn. Siaced ledr ddu Valmai oedd testun edmygedd a chenfigen ein gang ni. Roedd hi'n un arbennig, â phwythau gwyn rownd ei choler gron a'i phocedi a'i llewys, ac yn zips diddorol drosti. Roedd Valmai wedi talu trwy'i thrwyn amdani —wythbunt a chweugain, mwy na chyflog ei hwythnos gyntaf yn y Carlton—yn Browns, Caer. Roedden ni'n dwy, a June, cyfnither Valmai, a Heather, ffrind June, wedi mynd yno ar y trên a chael diwrnod o siopa a gwneud ein gwalltiau cyn mynd i Ritzys i wrando ar Herman's Hermits. Roedden nhw'n bedwerydd i'r Beatles, y Searchers a Manfred Mann yn ein deg uchaf ni o grwpiau ar y pryd a 'Something Tells Me I'm Into Something Good' oedd rhif un yn y siartiau. Honnai Heather ei bod yn nabod y drymiwr, gan ei fod yn frawd i gyn-gariad ei chyfnither Pamela, a oedd yn byw yn Runcorn ac a oedd newydd gael babi bach o'r enw Shane. Honnai ymhellach ei bod, oherwydd ei chysylltiad teuluol, wedi trefnu cwrdd ag ef a gweddill y grŵp y tu allan i'r Stage Door ar ddiwedd y sioe er mwyn i ni gael eu llofnodion. Roedden ni'n pedair yn un cynnwrf gwyllt wrth feddwl ein bod yn mynd i siarad â'n harwyr, eu gweld nhw yn y croen, cyffwrdd â hwy, hyd yn oed, a chael eu llofnodion. Fe fuon ni'n sefyllian yn ddisgwylgar amyneddgar am hanner awr. Yna fe ddechreuodd fwrw glaw, a

46

thynnodd Valmai ei siaced ledr newydd a'i stwffio i fag Marks rhag iddi gael cam. Hanner awr arall o sefyllian, a doedden ni byth wedi gweld cip o'n harwyr.

Am un ar ddeg, a ninnau'n diferu at ein crwyn, a'n siom yn ein llethu, fe wasgon ni i mewn i dacsi a chyrraedd y stesion eiliadau cyn i'r trên olaf ymadael am Gaergybi. Cael a chael fu hi ein bod wedi llwyddo i'w ddal.

Cael a chael fu hi na chefais fy lladd gan Mama ym maes parcio stesion Prestatyn am un o'r gloch y bore. Roedd hi a Dada'n disgwyl amdanom yn y Morris Minor. Roedden nhw wedi bod yn disgwyl amdanom ers dwyawr. Roedd pedwar trên o Gaer wedi cyrraedd ac wedi ymadael heb i ni fod arnyn nhw. Pan gyrhaeddon ni, yn llygod bach diflas a blinedig iawn, roedd Mama ar fin cael sterics a galw'r heddlu. Llwyddodd Dada i'w thawelu, ond ro'n i wedi cachu ar y gambren unwaith eto. Unwaith eto, Valmai oedd wrth wraidd y drygioni, ac unwaith eto, byddai cyfathrachu a chyfathrebu â hi owt-of-bownds am gyfnod amhenodol.

A nawr, am chwech o'r gloch ar noson fy nghyfarfyddiad cyntaf â Donal, wele Valmai'n cynnig ei siaced ledr enwog i *mi*! Dyna beth oedd ffrind.

—Wel? Wyt ti isio'r blwmin peth ne' ddim?

—Wrth gwrs bo' fi. Ond wyt ti'n siŵr?

—Gwisga hi, a chau dy geg.

Tynnais y gardigan, gwisgo'r siaced a dechrau cau'r zip.

—Gad y zip ar agor.

Craffodd arnaf drwy'r mwg a chwyrlïai o'i cheg.

—Mm . . . Mae hi'n edrych yn reit neis . . .

—Ma' hi'n ffab! Diolch, Val. A fe gei di fenthyg y gardigan 'ma . . .

—No thenciw feri mytsh! Dim Crimplene gwyn i mi! Well gin i farw!

Teflais y gardigan i'r naill ochr gan wneud adduned ddirgel na fyddwn yn ei gwisgo byth eto. Tynnais fy mag mêc-yp allan o'r dyffl-bag a dechrau rhoi lliw glas a mascara ar fy llygaid. Craffai Valmai ar bob symudiad.

—Mi ddyliet ti fentro mwy.
—Beth ti'n feddwl?
—*Eyeliner.*
—Dim diolch.
—Wir yr. Heno o bob noson, mi ddyliet ti neud ymdrech sbesial.
—Gad lonydd i fi, Valmai.
Twriodd yn ei bag patent gwyn nes dod o hyd i'w *eyeliner* du.
—Cymer hwn. Mae o'n *waterproof*, felly os bydd Donald Duck yn gneud i ti grio . . .
—Paid â bod yn sofft.
—Dwi'n deud wrthat ti, tydy'r Paddies 'ma ddim yn dryst.
—Paid â dechre hynna eto . . .
Cododd Valmai ei hysgwyddau'n ddi-hid. Doedd gen innau ddim amser nac amynedd i wrando arni'n dweud ei hen stori gyfarwydd am Terry o Tipperary a weithiai ar stad o fyngalos newydd yn ymyl tŷ ei rhieni ar Rhuddlan Road pan oedden nhw newydd briodi. Honnai i'w mam gael ffling ag ef ac mai dyna'r rheswm bod gan Tecwyn, brawd hynaf Valmai, wallt tywyll, tra bod eu gwalltiau hi a Gwyndaf, a Nerys Ann, yr ieuengaf, mor goch â mop anystywallt Raymond, eu tad. Ond gwyddwn yn iawn mai un o'i chwedlau lliwgar oedd hon eto.

Fe'i cawn yn anodd yr adeg honno i dderbyn y ffaith bod hen bobol fel Raymond a Ceridwen, rhieni Valmai, yn cael rhyw. Wedi'r cyfan, roedden nhw dros eu deugain—Ceridwen yn dwlpen fach gron, yn dioddef o bwysau gwaed uchel, a Raymond yn dwlpyn bach crwn, yn deiars blonegog drosto, yn union fel y dyn Michelin. Ond sut rai oedden nhw flynyddoedd maith yn ôl? A fu Ceridwen yn hoeden dinboeth ar seddau cefn yr Odeon? Sut un oedd hi ym mhic-yp yr hen Raymond pan fydden nhw wedi parcio ym mherfeddion lonydd Lloc a Llanasa? Oedd hi wedi gofyn amdani ar seit adeiladu gyda Terry o Tipperary? A sut un oedd Raymond yn ei breim? Yn hansom-hync dair stôn yn ysgafnach, ac yn dipyn o un am y menywod?

A beth am Dada a Mama? Oedden *nhw*'n dal i gael rhyw?

Ych-a-fi! Dada a Mama'n cael hanci-pancis! Teimlwn yn dost wrth feddwl am y peth. Roedd Mama'n hanner cant er mwyn popeth, a Dada'n tynnu am ei drigain! Fy nghysur mawr oedd y ffaith nad o'n i erioed, diolch byth, wedi clywed dim byd tebyg i sŵn caru'n treiddio o'u Boudoir. A beth bynnag, roedd hi'n amhosib eu bod nhw wrthi—Mama yn ei gwn-nos flannelette at ei thraed, a Dada yn ei byjamas streip a'r copis wedi'i wnïo ynghau mor gelfydd gan bwythau heringbôn Mama.

Torrwyd ar fy myfyrdodau gan orchymyn Valmai.

—Reit, dos ar dy linie a chau dy lygaid.

Chwifiodd ffon yr *eyeliner* yn yr awyr fel hudlath tylwyth teg.

—Na, Valmai. Fydde'n well 'da fi hebddo fe.

—Paid â bod yn wirion.

—'Sdim amser 'da fi . . .

—Nonsens.

Cyn i mi fedru protestio dim mwy ro'n i wedi penlinio o'i blaen ac roedd yr *eyeliner* wrth ei waith. Pan agorais fy llygaid a mentro edrych yn y drych gwelais Giant Panda'n syllu'n syn arnaf. Roedd dau gylch du o gwmpas fy llygaid, yn union fel dwy sbectol hyll National Health. Petawn yn rhoi 'X' ar dop fy nhrwyn gallwn gael gêm o OXO.

—Wel?—holodd Valmai, â drygioni mawr ar ei gwep.

Sylweddolais yn sydyn beth yn union oedd ei gêm, a 'mod innau wedi colli'n rhacs.

—Damia ti, Valmai! Mae e'n erchyll!

—Nac'dy tad! Mi wyt ti'r un ffunud â Sandie Shaw. Ne' Cleopatra. *'The barge she sat in like a burnished throne . . .'*

—Cau dy geg, a dere â Kleenex i fi ga'l 'i olchi fe bant!

—Fedri di ddim.

Pwyntiodd â'i bys main at y gair *waterproof*, yn union fel yr oedd y Frenhines Gas wedi pwyntio at yr afal coch a wenwynodd Snow White.

—Ond paid â phoeni. Mae o'n edrych yn grêt. Wir yr.

—Valmai, faddeua i byth i ti am hyn!

—*Tough titty . . .*

49

Dechreuais back-combio fy ngwallt yn wyllt a llyncu dagrau fy nhymer. Edrychais ar fy wats. Pum munud wedi! Roedd yn rhaid i mi benderfynu'n sydyn iawn—naill ai mentro ar fy mhen fy hunan fach i'r Black Cat i gwrdd â Donal, er 'mod i'n sylweddoli bod golwg y diawl arna i, neu sleifio allan drwy ddrws y cefn a mynd adre ar fy union. Y naill beth neu'r llall ro'n i'n mynd i'w golli. Un cip ar fy llygaid cleisiog a byddai'r creadur bach yn rhedeg milltir. Heb i mi gadw'r oed byddai'n siŵr o fynd i chwilio am borfeydd brasach. Ac ar ben y cyfan, sut a phryd y cawn gyfle i egluro wrth Dada a Mama pam nad o'n i'n dod adre o'r gwaith yn syth? Ond un peth ar y tro oedd hi . . .

Sodrais fy ngwallt clymog yn frysiog yn ei le, ei chwistrellu'n stond, rhoi lipstig Baby Doll Pink ar fy ngwefusau a L'Aimant ar fy ngwegil. Yna stwffiais bopeth yn ôl yn un cawdel anniben i'r dyffl-bag, a chymryd anadl hir.

Ro'n i wedi penderfynu.

—Barod!—gwaeddais, er mwyn rhoi hyder i mi fy hun.

Diffoddodd Valmai ei sigarét a neidio ar ei thraed.

—A finne!

Syllais arni mewn syndod. Gafaelodd yn ei bag a mynd i sefyll wrth y drws.

—Dwi wedi penderfynu mynd i weld sut beth 'di Mickey bach Ryan wedi'r cyfan.

—Ond beth am Brian?

—Am yr enfed tro, twll din blydi Brian! Ac wyt tithe'n falch 'mod i'n dŵad efo ti, debyg? Mi wyt ti isio cwmni, 'dwyt?

—Odw glei!—oedd ar flaen fy nhafod. Ond ddwedais i ddim.

—Tyd. Popeth gin ti, rŵan? Pres? Hances boced? Ffags? Dentadyne—rhag i Mama a Dada ogleuo'r ffags?

—Cer!

Winciodd yn slei . . .

—Panty Girdle?

—*Cer*!

—Tyd, *Cleo*!

50

Chwarddodd a martsio allan, ac ar ôl i mi gymryd cip arall yn y drych, a chau fy llygaid *waterproof* yn dynn mewn anobaith, fe'i dilynais.

Heblaw am Walter, roedd y Black Cat yn hollol wag. Doedd yr un enaid byw yn chwarae'r peiriannau nac yn eistedd ar y soffas melfed ar ganol y llawr. Roedd hi'n gynnar, wrth gwrs, a rhwng dwy sesiwn. Roedd y Teuluoedd Bach Dedwydd wedi troi am adre i Lannau Merswy, neu wrthi'n sglaffio'u *High Teas* yn y gwestyau. Ac roedd hi'n llawer rhy gynnar i anifeiliaid y jyngl fentro allan i chwilio am eu sglyfaeth.

Eisteddai Walter y tu ôl i wydr ei giosg, a thyrau o geiniogau, chwecheiniogau, sylltau, deusylltau a hanner coronau'n disgleirio o'i flaen. Byddwn yn ei gyfarch bob nos wrth adael y Carlton, felly cododd ei aeliau mewn syndod wrth weld Valmai a minnau'n troi i mewn i'w gyntedd yn dalog. Wel, roedd Valmai'n dalog. Roedd hi'n bownsio. Roedd popeth ynglŷn â hi'n bownsio —ei cherddediad, ei chyrls coch a'i bronnau. Ond ro'n i'n un lwmpyn trwm, annifyr o chwys oer. Ar ôl poeni cymaint drwy'r prynhawn, ar ôl ymarfer droeon beth i'w ddweud pan gwrddwn â Donal, roedd y siom o sylweddoli nad oedd yno yn arteithiol.

—Ble ddiawl ma'n nhw?—sibrydais â thinc o hysteria.

—*Walter, have you seen Donal-an'-Mickey?*—holodd Valmai drwy'r gwydr.

Cododd Walter ei ysgwyddau ac ysgwyd ei ben. Tynnodd Valmai ei Phlayers allan o'i bag a chynnig un i mi. Ond ro'n i'n teimlo'n rhy sâl i feiddio smocio. Taniodd ei sigarét a chwythu'r mwg allan yn hamddenol. Yna eisteddodd ar un o'r soffas a chroesi'i choesau, gan arddangos ei chluniau siapus i'r byd.

—Waeth i ti eistedd—meddai, a chymryd pwff arall o'i sigarét.

Roedd dagrau'n cronni yn fy llygaid. Cynnwrf, nerfusrwydd, siom—roedd fy emosiynau'n corddi. Ac roedd panig llwyr yn fy nghrombil.

—Plîs, Ler, 'nei di gymryd ffag, rhag i ti sefyll yne fath â gwdihŵ?

Doedd dim i'w wneud ond ufuddhau. Eisteddais wrth ei

hochor a chwilota am becyn o sigaréts yn nyfnderoedd y dyffl-bag. Sylweddolais, wrth agor y pecyn, bod fy nwylo'n crynu. Fflachiodd Valmai dân i mi gan dwtian yn wawdlyd.

—'Den ni'n rhoi pum munud iddyn nhw, reit? Os na fyddan nhw wedi dŵad erbyn i ni orffen y ffags yma, 'den ni'n mynd.

Suddodd fy nghalon. Dyna roi'r ceubosh ar fy ngobeithion mawr. Gwyddwn yn fy nghalon na welwn Donal y noson honno, ond do'n i ddim yn mynd i gyfaddef hynny wrth Valmai. Fel carcharor yn smygu'i sigarét olaf, gan ddisgwyl, â rhaff am ei wddf, am y wawr, ceisiais fy ngorau i beri i'r sigarét bara am byth. Ond ar ôl munudau hir, heb ddim ond atseiniau ansoniarus The Kinks yn datgan 'You've got me going now, you've got me 'till I can't sleep at night' i dorri ar y distawrwydd, lluchiodd Valmai stwmp ei sigarét i fwced sbwriel gerllaw, a sefyll ar ei thraed.

—Reit, dwi 'di cael digon! Tyd!

Brasgamodd am y drws. Ro'n innau ar fin taflu fy sigarét i'r bwced pan rewais, a rhythu. Roedd Mickey newydd gyrraedd. Roedd ar ei ben ei hun. Roedd Valmai ac yntau bron iawn â tharo ben-ben i'w gilydd. Roedden nhw'n sibrwd â'i gilydd, yn ciledrych draw ataf i, ac yn sibrwd eto. Ac roedd Mickey'n ysgwyd ei ben . . .

Teflais y sigarét a'i glywed yn poeri'i gynddaredd ar waelod y bwced. Cerddais atynt gan geisio llyncu'r lwmpyn anferth yn fy ngwddf, lwmpyn oedd yn bygwth ffrwydro'n ddagrau.

—Ler . . .

Edrychais ar Valmai, ac yna ar Mickey.

—Ler, mae Mickey'n deud bo' Donal . . .

—'Sdim cacen o ots 'da fi beth ma' Mickey'n weud na ble ddiawl ma' Donal! Y cyfan sy'n bwysig i fi'r funud 'ma yw dal y *bus* saith am adre!

—Mi ddŵa i hefo ti—meddai, gydag arddeliad un a honnai bod yn well ganddo dlodi na miliwn o bunnau.

—Na, dim diolch! Joia di dy hunan, Valmai, gyda *fe*!

Mae'n siŵr ei bod hi a Mickey yn ei chael hi'n anodd i beidio

52

â chwerthin, a minnau fel buwch fawr Fresian, yn syllu arnyn nhw â llygaid dolefus.

Trois yn sydyn, a cherdded allan i'r glaw mân. Ro'n i'n hanner disgwyl, yn hanner gobeithio, clywed Valmai yn rhedeg ar fy ôl.

Ond ddaeth hi ddim . . .

Pan ddihunais fore trannoeth, llifodd tonnau o ddüwch trosof. Ton ar ôl ton ar ôl ton o siom, dicter a rhwystredigaeth—teimlwn fy mod yn suddo i'w dyfnderoedd. Ro'n i'n boddi yn fy ngwely bach.

Mynnai holl ddigwyddiadau'r noson cynt fflachio drwy fy mhen . . .

Ro'n i wedi rhuthro o'r Black Cat, a cherdded yn ddall drwy'r dagrau a'r glaw mân ar hyd y Prom heb sylweddoli'n iawn i ble o'n i'n mynd, a heb boeni taten am hynny. Croesais y ffordd ar y groesfan *zebra* yn ymyl y Westminster, gan anelu am y Floral Hall gyferbyn. Eisteddais ar fainc rhwng dau forder o ddahlias amryliw a syllu drwy'r gwlybaniaeth ar ddim yn arbennig.

Teimlwn ddiflastod llwyr, fel hwnnw a'm llethodd flynyddoedd ynghynt ar noswaith gyntaf f'unig ymweliad â gwersyll Llangrannog. Ro'n i'n cael sterics yn swyddfa'r Pennaeth pan ffoniodd Dada a Mama i holi a o'n i wedi 'setlo lawr' yn iawn. Y cyfan glywson nhw ar ben arall y lein oedd igian alaethus a llais bach truenus yn ymbil arnyn nhw i ddod i'm hercyd adre o Uffern. Fe geision nhw'n llew fy mherswadio i aros—onid oedden nhw wedi talu pumpunt—'lot fowr o arian, Eleri'—er mwyn i mi gael gwyliau neis? Ond ofer fu'r ymdrech. Roedd pawb arall yn canu 'Gwersyll Llangrannog, hip-hip-hwrê' nerth eu pennau bach angylaidd pan gyrhaeddodd y Morris Minor o Fancffosfelen. Ailbaciwyd fy nghes, stwffiwyd fy sach gysgu newydd sbon yn ôl i'w gwdyn pwrpasol, ad-dalwyd y pumpunt, ymddiheurwyd drosof yn daer ac fe'm sodrwyd yn ddiseremoni yn sêt ôl y car.

Ie, dyna'r union ing arteithiol a deimlwn yn fy nghrombil wrth eistedd ar y fainc o flaen y Floral Hall. Poen-bol-a-phentost-ac-igian-o-waelod-calon o ing, yn gwneud i mi eisiau ochneidio a chwydu a chrio i gyd yr un pryd, yr un ing a deimlais pan fu farw Ying-Tong, fy nghath Siamese, flwyddyn ynghynt. (Roedd y dwpsen wedi bod mor ddwl â llyncu malwoden, y gragen a chwbwl, ac wedi tagu i farwolaeth.) Gan fy mod i newydd ddarllen *Te yn y Grug*, ro'n i wedi gallu uniaethu â hiraeth Begw am Sgiatan ac roedd Mama wedi adleisio i'r sill yr hyn a ddywedodd mam Begw wrthi.

54

—Dim ond cath oedd hi. Beth 'set ti wedi colli dy fam? Fel Begw, fentrais i ddim awgrymu y byddai'n well 'da fi golli Mama na cholli Ying-Tong. Doedd hynny ddim cweit yn wir. Ond jawch, roedd gweld yr hen gath urddasol yn gwingo ac yn marw yn fy nghôl wedi rhoi sgytwad a hanner i mi.

Roedd y glaw mân a'r dagrau'n dal i ddisgyn ar fy mainc yng nghanol y dahlias. Oedd, roedd Donal wedi llwyddo i chwalu fy myd bach yn deilchion. Mynnai'r dagrau syrthio plop-plop i lawr fy mochau, yn drymach na'r glaw mân. Sychais fy llygaid â'r hances yr oedd Valmai wedi ei stwffio yn fy llaw er mwyn ei rhoi i Richard The Lionheart Druan. Ond cyn pen hanner munud roedd hi'n diferu fel clwtyn golchi llestri.

Ceisiais ganolbwyntio ar harddwch amryliw'r dahlias, ar gampwaith geometraidd y borderi—rhai hirsgwar a hirgrwn ac ambell un siâp triongl bob yn ail, yn goch a phiws a melyn ac oren, gydag ambell flodyn glas, dieithr rhyngddynt.

Cerddai pobol heibio imi heb sylwi arnaf. Teulu Bach Dedwydd macintoshog yn twrio'n awchus i'w pecynnau sglodion; tri hipi hirwallt yn sipian caniau cwrw; a Jac y Jwc a Jini o bâr bach bodlon, Jac ddwywaith hyd Jini, a Jini ddwywaith ei led yntau, Jac yn martsio, gan glician ei sodlau a chodi'i bengliniau fry, Jini'n shyfflian phit-phat wrth ei ochor . . .

Ie, nhw oedden nhw, Mr a Mrs Hitler—Mr Harri ap Gwynedd Hitler, Pennaeth yr Adran Gerddoriaeth, a Mrs Efa Fach Harri ap Gwynedd Hitler, athrawes yn Adran y Gymraeg—cantorion, cerddorion, adroddwyr, dawnswyr gwerin, cynhalwyr y Pethe. Roedd Mr Harri ap Gwynedd yn bianydd, yn ffidlwr, yn glocsiwr o fri ac yn ddiawl o hen athro bach piwis. Canu'r delyn deires oedd fforte Efa Fach. (Roedd telyn normal yn rhy fawr ac anghysurus rhwng ei choesau.) Ond roedd hi'n amen arni o ran dawnsio na chanu'r delyn am beth amser gan fod ap Hitler bach ar ei ffordd i'r byd.

Do'n i byth wedi maddau i Hitler am fy ngorfodi i gerdded i fyny ac i lawr y Coridor Hir nes y byddwn yn stopio chwerthin.

—Eleri Williams! Mi ddysga i chi nad jôc ydy bywyd!

Awr ginio gyfan o gerdded i fyny ac i lawr ac ro'n i'n dal i chwerthin. Pan ganodd y gloch ro'n i'n chwerthin yn gwbwl afreolus ac roedd Hitler yn gynddeiriog.

—'Dech chi'n *dal* i feddwl mai jôc 'dy bywyd?

—Ydw, Syr—atebais a'r dagrau'n llifo.

—Wel mi gewch chi feddwl eto! Mi gewch chi wneud yn union yr un peth fory!

A dyna pryd y stopiais chwerthin—pan sylweddolais fod gwell a phwysicach pethau i'w gwneud yn ystod yr awr ginio na boddhau ego gwyrdroëdig dynionach fel Hitler.

—Dyne ddysgu gwers i chi!—gwenodd yn faleisus, cyn martsio i lawr y Coridor Hir yn awdurdodol, gan glician ei sodlau a chodi'i bengliniau fry.

Sylwodd e ddim, wrth iddo glic-glician heibio i'r holl ddosbarthiadau G, y stafelloedd newid, y Stafell Gwyddor Tŷ a'r ffreutur fach, fod dwsinau o freichiau yn ei saliwtio yn ei gefn ar hyd y ffordd a bod cegau'n meimio *Hail Hitler!* arno'n wawdlyd.

A sylwodd e nac Efa Fach ddim arnaf yn eistedd yn benisel ar fy mainc yng nghanol y dahlias. Fe'u gwyliais yn diflannu clic-clic-phit-phat-clic-clic i gyfeiriad y cloc.

Dim ond sŵn fy sniffian a siffrwd y glaw a dorrai ar dawelwch yr eiliadau nesaf cyn i ffon wen Ivor dap-tap-tapian tuag ataf. Roedd Ivor mor ddall â gwahadden ond gwelai bopeth yn glir. Gwenodd arnaf a chodi ei ffon.

—*Lovely rain!*—sibrydodd cyn tap-tap-tapian tuag at y groesfan zebra a chodi'i ffon yn awdurdodol cyn croesi'n dalog i'r ochor draw.

Fe'i dilynwyd gan hen ŵr a wthiai hen wraig mewn cadair olwyn a oedd ynghudd o dan haenen o blastig. Ar eu gwarthaf hwy yr oedd menyw a chanddi wyneb hytrach yn debyg i gi Pekinese. Arweiniai gi Pekinese ar dennyn. Ac yn eu cysgod hwythau roedd dau gariad yn ymbalfalu'n nadreddog am ei gilydd wrth gerdded ling-di-long. A sylwais am y tro cyntaf ar ddau gariad arall yn cusanu yn y shelter gerllaw . . .

Rhewais.

Er gwaetha'r glaw, y cyfan a wisgai'r ferch oedd addewid

bach o drowsus a strapen neu ddwy dros ei bronnau. Gwisgai'r bachgen grys glas llachar . . .

Ceisiais orfodi'r fainc i'm llyncu'n fyw, ond gwrthododd. Rhythais ar y ddau. Roedd ei fraich chwith dros ei hysgwyddau; anwesai ei hwyneb a'i gwddf â'i law dde. Pwysai hithau'n ôl yn ei gesail. Cododd ei braich chwith i anwesu ei war gan suddo'n is ac yn is i'r sedd. Dechreuodd ei law dde grwydro o'i hwyneb a'i gwddf i lawr at ei hysgwydd. Cribodd hithau ei wallt du â'i bysedd. Crwydrodd ei law i lawr at ei bron chwith . . . Roedd yn ei chusanu'n angerddol a'i lygaid ynghau . . .

Ac yna, fe'u hagorodd.

Daliai i'w chusanu, ond syllai dros ei thalcen tuag ataf. Syllais innau'n ôl, fel llygoden wedi'i mesmereiddio gan gath . . .

Codais ar fy nhraed yn sydyn a rhedeg eu nerth nhw rhwng y borderi dahlias yn ôl at y pafin. Gwelais fws Crosville yn nesu ond penderfynais redeg yn fy mlaen yn hytrach na'i ddal. Roedd y glaw mân yn lleddfu'r tân ar fy mochau a'r cur yn fy mhen. Rhedais fel na redais erioed o'r blaen. Fyddai Ma Phelps, yr athrawes chwaraeon, ddim wedi gallu credu'i llygaid. Eleri fach Williams, o bawb, yn carlamu nerth ei thraed bach pwt! Rhedais heibio i'r clwb bowlio, heibio i'r cartrefi hen bobol, heibio i Ysbyty'r Alex, ymlaen ac ymlaen at Splash Point, lle y gorffennai'r Prom yn ddiseremoni. Oedais yno i gael fy ngwynt ataf ac i geisio rheoli'r dagrau.

Ond yn ofer . . .

Yn gryndod i gyd, syllais allan dros y môr. Roedd ambell gwch bach yn bobio'n hapus yn y niwl rhyngof a'r gorwel. Roedd bwrlwm cyson y tonnau ar y traeth islaw yn lleddfu rhywfaint ar y tyndra mawr a deimlwn yn fy mherfedd. Tynnais anadl ddofn, ac un arall ac un arall. Ond parodd yr ymdrech i mi gyfogi'n dost, a chyn i mi sylweddoli beth oedd yn digwydd ro'n i wedi spowtio hen surni poeth i fasged sbwriel orlawn.

Sychais fy ngheg â'r hances wleb. Sychais fy nhrwyn a'm llygaid â'm llaw. Rywle yng nghefn fy mhen clywn lais soprano sigledig Mama a thenor ansoniarus Dada'n atseinio'n aflafar . . .

—'Dring i fyny yma, dring, dring, dring . . .'

Lleisiau yn fy mhen, blas chwerw yn fy ngheg, cyfog yn fy nghrombil, chwys yn byrlymu a dagrau a glaw mân yn fy moddi. Doedd ryfedd 'mod i'n teimlo'n chwil gachu. Ochneidiais unwaith eto.

—*You all right, love?*

Dwy nyrs fach yn eu clogynnau nefi-blŵ a choch.

—*Yes.*

Drat! Merle Owen oedd un. Roedd ei chwaer Meriel yn fy nosbarth i.

—*Oh, it's you, Eleri! Are you sure you're . . .*

Roedd yn rhaid i mi symud neu lewygu. Gwenais ar y ddwy a chael gwên famol yn ôl. Trois i gyfeiriad y Coast Road a'u clywed yn fy nhrafod yn fy nghefn . . .

—*Poor little sod . . .*

Ie, druan ohonof . . . Eleri fach Williams, newydd ddysgu un o wersi creulonaf bywyd—mai hen ddiawled yw dynion . . .

Trois i'r chwith a dilyn y Coast Road heibio i wersyll gwyliau Lyons ac ymlaen am y Robin Hood. Erbyn hyn roedd picell yn brathu f'asennau, ac roedd fy myd yn tywyllu gan bwyll bach.

Yn sydyn, ymddangosodd bws arall o rywle. Doedd dim dewis ond ei ddal, a hynny'n ddiolchgar. Dringais yn llesg i'r llawr uchaf a 'dring, dring, dring' yn canu yn fy nghlustiau. Pwy a eisteddai yno'n syllu arnaf mor sbengllyd â chwiorydd hyll Sinderela ond dwy jaden fach o ddosbarth un. Chwarddodd y ddwy'n harti wrth fy ngweld. Pan ddaeth y condyctor i mofyn arian, chwarddodd hwnnw hefyd, yr un mor harti.

Nid chwerthin a wnaeth Mama pan gerddais i mewn i'r tŷ, ond ochneidio un o'i hocheneidiau erchyll, rhincian ei dannedd gosod a phwyntio at ddrych mawr y cyntedd. Gwelwn beth oedd y broblem. Ro'n i'n diferu fel rhaeadr Dyserth. Roedd popeth—siaced ledr ddu Valmai, fy ffrog Mary Quant, f'esgidiau, fy ngwallt, y dyffl-bag a'i gynnwys—yn socian. Ond beth oedd yn waeth, a'r hyn oedd wedi ypsetio Mama'n fwy na dim arall oedd y ddwy linell ddu a lifai i lawr fy mochau, dros fy ngên ac i lawr fy ngwddw, gan orffen rywle'r tu mewn i goler gron siaced ledr ddu Valmai. Doedd yr *eyeliner* ddim mor *waterproof* ag yr honnai fy ffrind gorau, yr ast fach . . .

Atebwch hyn i mi. Pam na all holl famau'r hen fyd yma synhwyro bod calonnau eu merched ar dorri yn hytrach na tharanu am 'dynnu gwarth arnon ni fel teulu' ac am 'hen stwff du am dy lygaid sy'n gwneud i ti edrych fel hwren!'? Pam na fedran nhw gael trefn ar eu blaenoriaethau a gofyn 'Beth sy'n bod, cariad bach? Ma' golwg ddigalon iawn arnat ti'?

Dechreuodd Dada ddweud rhywbeth ond fedrwn i ddim dioddef ei bregeth, waeth pa mor addfwyn y byddai. Rhuthrais i'r llofft ac i'r gwely, ond chysgais i yr un winc tan y wawr, pan gysgais yn drwm.

Am saith roedd sgrech y larwm a llais Mama'n gweiddi arnaf yn waeth nag artaith y Viet Cong. Ac ar ben y cyfan, roedd patshyn o waed oddi tanaf.

Shit and corruption and great balls of fire! Byddai Mama yn fy lladd.

—Sawl gwaith ma'n rhaid i fi ofyn i ti ragweld pryd fydd dy fisglwyf di?

'Misglwyf'! Fel petai rhyw graith fawr, waedlyd yn ymddangos yn fy nghorff unwaith y mis! A sawl gwaith yr oedd yn rhaid i mi egluro wrthi bod fy mhatrwm misol yn anwadal? Doedd dim dal arno o fis i fis, felly roedd ambell ddamwain fel hon yn siŵr o ddigwydd. Digwyddodd yr un peth iddi hi yn ei harddegau, debyg, ond ei bod hi'n dewis anghofio hynny. Ond roedd ei holl 'fisglwyfau' hi'n rhan o niwl ei gorffennol erbyn hyn.

—Eleri, mae socian y dillad 'ma mewn Domestos yn eu difetha nhw!

—Mama, mae clywed hyn bob mis yn ddiflas!

Na, doedd dim pwynt. Gwyddwn yn iawn beth fyddai ei hymateb dagreuol.

—Pam wyt ti'n siarad fel hyn â dy fam? Aros di i fi ga'l gair â Dada! Fe geith e ddelio â ti, y groten fach ddig'wilydd!

Wedyn caem y sterics arferol a'r pŵd hunangyfiawn.

—Beth ydw i wedi'i neud i haeddu hyn?—fyddai'r uchaf-
bwynt dramatig.

Na, roedd digon ar fy mhlât gofidiau'n barod heb orfod
teimlo'n euog ynglŷn ag ypsetio Mama. Gwyddwn y byddai
poen bol yn fy llethu drwy'r dydd. Gwyddwn hefyd fod
problem yn fy wynebu ynglŷn â'r Lillettes. (Roedd Valmai a
minnau wedi eu meistroli o'r diwedd ar ôl sawl sesiwn seithug
yn y toiled, a sawl Lillette cam.) Byddai'n rhaid talu ymweliadau
mynych â'r toiledau cyhoeddus ar y Prom, heb dynnu sylw'r
General; byddai'n rhaid i mi gofio mynd â dau bâr o nicers
sbâr; ac wrth gwrs roedd gwisgo'r Playtex Panty Girdle yn
amhosib am resymau amlwg.

Wyddwn i ddim sut i ddelio â Valmai. Ro'n i am iddi deimlo'n
euog am fy ngadael i stiwio yn fy nigalondid. Teimlwn yn flin
ac yn hunandosturiol iawn gan ei bod hi, fel arfer, wedi cael ei
ffordd, a 'mod i, fel arfer, wedi cael fy siomi. Yr un hen stori . . .

Problem arall oedd ei siaced ledr. Chawn i fyth faddeuant
ganddi am ei chyflwr truenus ar ôl trochfa mor drylwyr. Ro'n i
wedi ei stwffio o dan y gwely rhag i neb ei gweld, ac yno yr
oedd hi o hyd, yn sypyn o gofadail trist i dristwch neithiwr.
Pwysais dros ymyl y gwely a'i byseddu. Roedd yn galed ac yn
stiff yn union fel rheino wedi trigo. Yn waeth na dim, roedd y
pwythau gwynion o gwmpas y goler gron, y pocedi a'r llewys
bellach yn ddu. Mewn gair, roedd y siaced yn *kaput*. Neu a oedd
hi? A oedd modd ei meddalu ac adfer ei cheinder? Feiddiwn i
ddim gofyn i Mama, a wyddai'r ateb i bopeth. Byddai'r ffaith
'mod i wedi difetha siaced ledr ddrud—siaced ledr ddrud
rhywun arall, a'r rhywun arall honno'n Valmai Roberts, o
bawb—yn rhoi mwy o reswm fyth iddi ddannod fy niffyg
cyfrifoldeb cyffredinol a'm hafradlonedd anfaddeuol. Doedd
dim i'w wneud ond stwffio'r siaced o'r golwg o dan y gwely
unwaith eto a thynnu'r garthen dros fy mhen.

Fel petai'r cyfan hyn ddim yn ddigon o artaith, arswydwn
rhag croesi llwybrau â Donal. Ro'n i am ei osgoi, a hynny am
byth, achos doedd y diawl byth bythoedd yn mynd i gael
maddeuant . . .

Rhwng popeth, wrth guddio o dan y dillad y bore hwnnw, ro'n i'n casáu, â chasineb perffaith, bod yn ferch. O! am fod yn fachgen a gâi sbort wrth ddenu merched a'u twyllo. O! am beidio gorfod poeni am 'fisglwyf' a phoen bol, na bronnau a thin rhy fawr, am Playtex Panty Girdle na dagrau direol nac emosiynau brau.

O! am aros yn y gwely weddill y dydd.

Ond menyw o ddur oedd Mama nad oedd yn credu mewn plygu o dan bwysau. A, diolch iddi hi, cyrhaeddais y caffi ar y dot am naw, a hynny drwy ddrws y cefn, rhag gorfod mynd heibio i'r Black Cat.

Roedd y lle fel y bedd. Clywais y Wrach yn carthu yn ei thoiled. Gorweddai Flash ar lawr gan syllu'n ddi-weld arnaf, a chefais fwynhad rhyfedd wrth roi cic slei i'w ben-ôl ar fy ffordd i mewn i'r Stafell Ddirgel. Gwingodd, a gallwn daeru ei fod yn holi 'Pam?'. Rhoddais gic arall iddo ar fy ffordd allan. Gwingodd eto, ac â'i gynffon fain rhwng ei goesau, herciodd yn drist a distaw o dan y bwrdd. Teimlais blwc o gydwybod fy mod yn dial ar greadur bach diniwed, a gelwais arno'n ddigon mwyn.

—Flash!

Trodd ataf, gan ysgwyd y mymryn lleiaf ar flaen ei gynffon.

—Sori, Flash bach . . .

Ysgytwad bach arall ar flaen ei gynffon, ac yna gollyngodd rech swnllyd cyn suddo i'r llawr a rhoi ei bawen flaen dros ei lygaid.

Doedd Valmai ddim wedi cyrraedd. Fyddai Reenee a Mrs-Don't-Bring-Me-Any-More-Dishes! ddim yn cyrraedd am awr neu ddwy arall, ac roedd Richard the Lionheart Druan wedi cael diwrnod bant am ei fod yn cael ei ganlyniadau.

Yn y caffi, roedd hwyl ddrwg iawn ar deGaulle. Roedd hi'n argoeli bod yn ddiwrnod heulog ac roedd gofyn tynnu'r bleinds dros y ffenest ar fyrder. Ond roedden nhw'n achosi trafferth iddo. Gweithiai un ochor yn berffaith ond mynnai'r ochor arall aros yn ei hunfan er gwaethaf tynnu a thyngu deGaulle. Y canlyniad oedd bod y bleinds yn hongian yn llipa, sgi-whiff, fel consertina cam.

Ond, fel Mama, nid un i ildio i'r anochel oedd y General. Ymegnïodd at y dasg o ryddhau'r ochor stwbwrn. Fe'i gwelwn drwy'r ffenest, yn balanso'n ddelicet ar ben ysgol fach simsan, morthwyl a sgriwdreifer wrth law, a hoelen neu ddwy yn ei geg, yn brwydro â llathenni o linyn clymog. Gyda dyfalbarhad cadfridog penderfynol, enillodd y frwydr, llwyddodd i ddatrys y llinyn a'r broblem, a thynnwyd y bleinds, gan amddifadu'r caffi o oleuni'r haul.

Yn sydyn sylweddolodd nad oedd Valmai wedi cyrraedd, a holodd yn swta ble roedd hi. Atebais innau'r un mor swta nad oedd syniad gen i, a bod fawr o ots gen i chwaith. Pesychodd, a phenderfynu bod angen stocio mwy o sigaréts ar y silffoedd.

Dychwelais innau i'r Gegin Ddu lle roedd y Wrach yr un mor flin â'i mab. Roedd ei gweld yn snwffian ac yn pwffian rownd a rownd yn ei slipers, ar un perwyl ofer ar ôl y llall, yn mynd o dan fy nghroen yn waeth nag arfer.

Cliriais y cocrotshys gydag arddeliad, fel petawn yn eu beio hwy am fy anhapusrwydd. Golchais y llawr seimllyd gan roi proc i Flash â'r mop. Taenais farjarîn dros domen o fara a llenwi'r jygiau llaeth a'r powlenni siwgr a'u cario i fyny i'r caffi. Llwyddais i fynd drwy'r rigmarôl o gyfnewid cyfarchion â May, ac ro'n i ar fin mynd â'i the iddi pan hwyliodd Valmai i mewn fel brenhines o gyfeiriad y Gegin Ddu.

—Haia, Mister Charles! Sori 'mod i'n hwyr. Haia May!

—Haia, Val.

—Braf heddiw, May.

—Braf heddiw, Val.

—Haia, Ler! Sut wyt ti?

Fe'i hanwybyddais.

—'Dech chi'n hwyr iawn heddiw eto, Valmai . . .

Dechreuodd deGaulle yn ddigon ymosodol, ond chymerodd hi ddim sylw ohono. Caeodd yntau ei geg a mynd i eistedd ar ei stôl fel llew bach ufudd mewn syrcas. Gafaelodd Valmai yn ei phad sgrifennu a mynd yn syth at Deulu Bach Dedwydd a archebodd deboted o de i ddau, dau Vimto a phedair rownd o dost a marmalêd.

—Wel?—sibrydais, pan oedd wrthi'n llenwi'r tebot.

—Wel be?

—Fuest ti 'da fe, on'dofe?

—Pwy? Mickey?

—Na, Walter!

Gwgodd arnaf a mynd â'r llestri draw at y bwrdd.

—Joiest ti?—holais eto'n bitshlyd wrth iddi arllwys y Vimtos.

—Do. A gwranda, sori am fynd o 'ne fel 'ne . . .

—Dim problem! O'n i'n deall yn iawn bo' 'da ti bethe gwell i 'neud na stico 'da dy ffrind gore yng nghanol 'i phrobleme.

—O, tyd o 'ne!

Brasgamodd â'r Vimtos draw at y bwrdd.

O'i noddfa gymharol ddiogel y tu ôl i'w gownter a'i *Liverpool Post*, pigai'r General ei drwyn yn awchus. Clustfeiniai arnom yn ffraeo. Poenai, mae'n siŵr, bod ei Restaurant eto fyth yn mynd i fod yn faes y gad rhwng dwy fenyw dymhestlog.

Croesodd llwybrau Valmai a minnau unwaith eto wrth y til.

—A ble fuoch chi, ti a Mickey?

—Yn y ffair, os oes raid i ti wbod. A wedyn i'r Roma . . .

—A wedyn?

—I'r *bus station*, a wedyn es i adre.

—Welsoch chi Donal?

—O, cau dy geg am blydi Donal!

Trodd i fynd, ac yna trodd yn ei hôl. Gwyddwn ei bod yn mynd i holi'r cwestiwn anochel.

—Gyda llaw, Ler, lle ma' 'nghôt i?

—Gatre . . . Sori, anghofies i ddod â hi . . . Gei di hi fory . . .

Edrychodd yn od arnaf a chodi'i haeliau cyn gwibio fel gwenci i lawr y Grisiau Serth. Sylwais bod y General yn fy llygadu dros ei bapur. Cododd yntau ei aeliau, ochneidio, ysgwyd ei ben a sibrwd . . .

—Be 'newn ni â'r hogan wirion?

Cyn imi fedru ateb a rhoi disgrifiad manwl o sut yr hoffwn droi ei chorn gwddw cyn ei berwi'n fyw yng nghrochan y Wrach, canodd y ffôn.

—*Carlton Restaurant, Esmor Charles speaking* . . .

63

Wel, sibrwd, a bod yn fanwl gywir.

—Helô, Richard! Wel, a be 'dy'r hanes? . . . Da iawn, iawn! . . . Ardderchog iawn, iawn, iawn! . . . Eleri? Ydy, dyma hi . . .

Estynnodd y ffôn i mi a sibrwd 'Pedair "A"!'

—Haia, Richard! Gest ti nhw, 'te!

—Do. A *distinction* yn y papur 'S'.

—Grêt!

—Ie. Dwi'n dal mewn sioc.

—Cer o 'ma!

—Na, wir, ges i lwc.

—Wel gobeithio y ca' i gystal 'lwc' yr wthnos nesa.

—Ie . . . Eleri?

—Ie?

Gallwn ei glywed yn anadlu'n drwm.

—Faset ti'n hoffi dŵad allan efo mi heno?

—Heno?

—Ie. Mae 'ne griw o'r chweched yn mynd allan am *piss-up* i'r Palace. Ond fase'n well gin i fynd allan efo ti, a chael noson ddistaw . . .

Llyncodd ei boer yn swnllyd.

—Cofia, os wyt ti'n mynd allan efo rhywun arall, dim ots . . . Neu . . .

—Neu beth?

—Os nad wyt ti isie mynd efo mi, dim ots . . . Ond . . .

Rhoddodd fwy o arian yn y bocs a llyncu ei boer unwaith eto.

—Ond ar ôl i ni siarad ddoe, mi ddaru mi feddwl ella . . . Na, anghofia fo. Sori am ofyn . . .

—Richard.

—Ie?

—Faint o'r gloch?

Gallwn dyngu 'mod i'n clywed ei galon yn curo.

—Richard, faint o'r gloch? Hanner awr wedi chwech?

—Wyt ti'n jocian?

—Na! Ydy hanner awr wedi chwech yn iawn?

—Yn berffaith. Yn ble? Y Black Cat?

—Na! Y Roma.

64

—Iawn. A Eleri?

—Ie?

—Diolch.

—Croeso. Edrych 'mlaen. Ta-ra . . .

—Ta-ra . . .

Gwenais. Gwyddwn fod Richard the Lionheart Druan yn gwenu hefyd. Fe'i dychmygwn yno yn y ciosg, yn sefyll yn stond, yn methu â chredu ei lwc. Fe'i dychmygwn yn agor y drws, yn camu allan, yn gwthio'i ddwrn bach chwyslyd i'r awyr ac yn gweiddi 'YES!'.

Roedd deGaulle yn syllu allan drwy'r ffenest. Er bod ei gefn tuag ataf, gwyddwn yn iawn ei fod yntau'n gwenu. Felly ro'n i wedi llwyddo i godi calon dau ddyn bach y bore hwnnw.

A chodi gwrychyn Valmai . . .

Awr yn ddiweddarach, roedden ni'n dal i osgoi'n gilydd. Gwibiai Valmai yn ôl a blaen fel cacynen wyllt rhwng y caffi a'r Gegin Ddu, yn esgus bod yn brysur, er bod y caffi fel y bedd. Roedd y gwres yn llethol erbyn hyn, ac roedd pawb call allan ar y traeth neu'r Prom, ac yn bwriadu cael picnic yn yr haul yn hytrach na chinio seimllyd mewn caffi tywyll.

Pan soniodd deGaulle wrth Valmai am newyddion da Richard the Lionheart Druan, y cyfan a ddywedodd yr ast fach oedd 'Grêt', a dianc i berfeddion y Gegin Ddu unwaith eto. Mynd am smôc i'r Stafell Ddirgel oedd hi. Penderfynais innau yn fy nhymer nad o'n i'n mynd i sôn wrthi am fy nhrefniant â Richard. Doedd e ddim busnes iddi hi—a beth bynnag, byddai'n siŵr o chwerthin am fy mhen a gwneud i mi deimlo'n ffŵl.

Rhwng popeth, teimlwn yn ddiflas iawn. Ro'n i ar fy mhen fy hun mewn caffi tywyll, gwag ar un o ddyddiau poetha'r flwyddyn. Ro'n i'n trio osgoi Valmai a Donal, ac yn trio peidio â meddwl am Donal. Ro'n i'n ei garu'n angerddol ac yn ei gasáu yr un pryd. Ro'n i'n dyheu am gymodi â Valmai, yn dioddef o boen misol ac yn ysu am ddwyn Mars Bar o'r tu ôl i'r cownter . . .

Eisteddais yn y ffenest a syllu ar y General a led-orweddai, erbyn hyn, ar gadair-haul o dan gysgod braf ei bleinds.

Edrychai'n *debonaire* iawn yn llewys ei grys, ei *Liverpool Post* ar ei lin a'i het wellt ar ei ben.

Wrth weld tyrfa'r bore'n cynyddu a'r awyr yn glasu, roedd wedi penderfynu ei bod yn ddiwrnod ardderchog i werthu hufen iâ. Yn absenoldeb Richard the Lionheart Druan, rhaid oedd gweithredu'r holl operasiwn ei hun. Bu wrthi'n ddyfal yn gwacáu gweddillion ddoe ac yn glanhau'r peiriant a'i ddiheintio, cyn rhoi'r cynhwysion newydd yn ei grombil a throi'r arwydd i '*High*'. A bellach, ymlaciai'n braf yn ei sŵn soporiffig gan ddisgwyl am ei gwsmer cyntaf.

Pwy gyrhaeddodd i darfu ar ei heddwch byr ond Nicolette y Drwyn, mewn macyn o ffrog fflamgoch a sgidiau stiletto gwyn. Roedd wedi dod i'w hysbysu nad oedd ei mam yn dod i mewn i'r gwaith. Roedd digwyddiadau'r diwrnod cynt wedi gadael ei nerfau'n rhacs, ac roedd wedi penderfynu, er lles ei hiechyd, cadw draw o'r caffi weddill yr wythnos. Yn wir, doedd hi ddim yn siŵr a ddychwelai byth.

—*She's sufferin' from shock, Mr Charles.*

Gwingodd y General, ac astudio'r baw o dan ei ewinedd.

—*That vicious vixen Valmai should be shot!*

—Clywch! Clywch!—gwaeddais drwy'r ffenest, ond chlywodd neb fi.

Sibrydodd deGaulle rywbeth wrthi, ond do'n i ddim yn gallu clywed ei union eiriau. Beth bynnag a sibrydwyd, llwyddwyd i gynhyrfu Nicolette nes ei bod yn siglo'n beryglus ar ei *stilettos*.

—*Don' you defend 'er Mr Charles! Me' mother's been breakin' 'er 'eart all night because of 'er! An' I'm goin' to tell the little bitch an' all—an' maybe claw 'er eyes out too!*

Gwingodd y General eto ac esgus ffidlan â nobyn ar ei beiriant hufen iâ. Brasgamodd Nicolette i mewn i'r caffi.

—*Where is she, Eleri?*

Penderfynais ei gwylltio fwy fyth drwy ei hateb yn Gymraeg.

—Cer i grafu, Nicolette.

—*Bitch!*

Rhuthrodd fel corwynt i lawr y Grisiau Serth a dechrau gweiddi ar y Wrach. Ond gallai honno weiddi hefyd. A dyna beth a gafwyd am y pum munud nesa—cystadleuaeth leisiol rhwng dwy. Crawciai'r naill fel brân adeg nythu, ac roedd sgrech y llall yn debyg i wylofain gwylan y môr mewn storm.

Yn sydyn clywais sŵn fel taran. Roedd Nicolette yn dyrnu ar ddrws y Stafell Ddirgel, yn bygwth ei ddinistrio'n llwyr ac yn rhegi Valmai i'r cymylau.

Ochneidiais, a mynd allan at y General a oedd â'i ben yng nghrombil ei beiriant. Cododd ei olygon ataf—ac yna at y nefoedd—gan sibrwd 'Trwbwl!' Do'n i ddim yn siŵr ai'r trwbwl Nicolettaidd neu'r un peirianyddol a olygai. Y ddau, mae'n debyg . . .

Eisteddais ar ei gadair-haul a'i wylio'n ffidlan. Roedd hufen yn diferu dros ei drowsus a'i esgidiau, a phadlai mewn pwll o stecs melyn.

—Dam peth yn gwrthod setio—sibrydodd, gan ochneidio o ddyfnder ei enaid.

Pawb â'i fys yw hi yn yr hen fyd 'ma, meddyliais, a phwyso'n ôl yn y gadair gan droi fy wyneb at belydryn bach o haul a lwyddai i osgoi'r bleinds. O leia roedd hi'n gymharol dawel allan fan hyn. Roedd sŵn Radio Caroline ar dransistors, ac acenion ansoniarus Lerpwl a Runcorn a Bootle ar wefusau yn haws eu dioddef na sŵn ffraeo enbyd Nicolette y Drwyn a'r Wrach.

Clywais gnoc y tu cefn i mi, neu oddi tanaf . . . do'n i ddim yn hollol siŵr . . . Ie, o dan y reilings y tu cefn i mi, roedd Valmai'n cnocio ar ffenest lychlyd y Stafell Ddirgel. Gallwn weld ei hwyneb drwy'r llwch, ac roedd ei gwefusau'n symud, ond do'n i ddim yn gallu clywed na deall yr un gair. Codais f'ysgwyddau arni, ysgwyd fy mhen, a'i hanwybyddu. Cnociodd ar y ffenest eto a chwifio'i breichiau'n wyllt. Daliais i'w hanwybyddu, ond fe'i gwelais drwy gornel fy llygaid yn tynnu ei thafod arnaf cyn tynnu'r llenni carpiog yn swta dros y ffenest.

Eiliad o dawelwch arall. Ac yna ailgododd y corwynt. Ymddangosodd Nicolette yn nrws y caffi fel draig goch ar stilts. Poerodd wreichion ei chynddaredd drosom.

—*I'm no' wastin' any more time! I'll go and tell me' mum, tha's all!*

Safodd yn ddramatig stond. Roedd hi'n amlwg wedi disgwyl cael mwy o ymateb. Gwnaeth ymgais arall.

—*You 'aven't 'eard the last of this!*

Syllodd â llygaid tanbaid ar y General ac yna arnaf innau. Roedden ni'n dau'n syllu'n ddisymud arni hithau.

—*Right!*—tasgodd, a martsio'n sigledig i lawr y Prom, a sŵn tap-tap-tap ei stilettos yn atseinio yn ein clustiau . . .

Ochneidiodd y General eto. Ochneidiais innau. Teimlwn mai un ochenaid fawr ddiddiwedd oedd bywyd y dyddiau hyn. Roedd hi'n amlwg o'i wep y cytunai'r General â mi.

Cofiais athroniaeth anffaeledig Mama. Credai'n gydwybol mai 'cadw'n fishi' oedd y moddion gorau i oresgyn iselder. Adwaenwn arwyddion ei hiselder yn dda. Byddai holl gynnwys y cwtsh-dan-staer—cotiau, sgidiau, ymbaréls, Wellingtons, yr Hoover a'r Ewbank, mop neu ddau, hen luniau a chaets y bwji ymadawedig—yn cael eu tynnu allan a'u rhoi yn ôl; byddai cypyrddau'r gegin yn cael eu gwagio, eu sgwrio â Vim a'u hail-lenwi; neu fe fyddai'r toiled-lawr-staer yn cael ei beintio a'i bapuro eto fyth.

Doedd dim amdani i minnau ond ymlwybro i mewn i'r caffi a rhoi fy meddwl ar waith. Ond gan nad oedd yr un enaid byw yno, yr unig ffordd i 'gadw'n fishi' fyddai tynnu gwaith caled am fy mhen, megis glanhau'r gwydr mawr niwlog y tu ôl i'r cownter. Neu fe allwn sgwrio'r boiler â Brillo pads; gallwn lanhau gyddfau'r poteli sôs i gyd; neu fe allwn roi trefn ar y troli llestri. Neu fe allwn ofyn i'r General a gawn gychwyn ar fy awr ginio'n gynt nag arfer. Penderfynais mai hynny fyddai orau. Ond dyma'r union funud yr ymddangosodd yr iobbos, chwech ohonynt. O'u sŵn a'u hantics dwl, doedd pethau ddim yn argoeli'n dda.

—Eleri, cadwch lygad ar y cnafon—gorchmynnodd y General, a llusgo tuag at dop y Grisiau Serth.

—Dwi'n mynd i gael gair efo Mrs Charles a Valmai, ynglŷn â'r y . . . wel, ynglŷn â'r y . . . Nicolette . . .

Sibrydai'n llawn penderfyniad, fel petai'n gorfod ei argyhoeddi ei hun mor bwysig ac angenrheidiol yr oedd y dasg o'i flaen. Ond roedd arno ofn drwy ei din ac allan. Gwyddwn hynny'n iawn.

—Pob lwc i chi—atebais, gan olygu'r dymuniad o waelod fy nghalon.

Doedd wynebu chwech o iobbos gwyllt yn ddim ond chwarae plant o'i gymharu â'i antur enbyd yntau, druan.

—Diolch—sibrydodd, a chymryd anadl hir cyn plymio i'r dyfnderoedd.

Chlywais i mo'r hyn a ddywedwyd yno, er i mi glustfeinio fwy nag unwaith ar dop y Grisiau Serth. Ond doedd dim munud i feddwl, rhwng gorfod cario pop a the i'r iobbos, dioddef eu '*Haia Cuddles!*' a'u '*Give us a kiss*' bach pathetig.

Fe dawelon nhw pan ailymddangosodd y General ymhen rhyw bum munud. O leiaf roedd yn dal yn fyw. Taflodd hanner gwên i'm cyfeiriad ac yna gwgodd yn fygythiol ar yr iobbos.

—Popeth yn iawn, Eleri?

—Dim problem, Mr Charles.

—Mi fydda i wrth y mashîn os bydd yne unrhyw drafferth.

Gwgodd eto ar yr iobbos a martsio'n awdurdodol drwy'r drws.

Ond roedd sbort mwya'r iobbos i ddod. Ymddangosodd Valmai, ac aeth y lle'n wenfflam o chwibanu a chymeradwyo a hwtian gwyllt a gweiddi '*Haia Sexy!*' Safodd Valmai a'i dwy law ar ei chanol gan eu llygadu'n oeraidd. Ond roedd ei hosgo ffwr'-â-hi yn eu cynhyrfu fwy-fwy. Dechreuodd un guro'i ddwylo'n araf a siantio '*Take 'em off! Take 'em off!*'. Ymunodd un arall, ac un arall, nes bod y chwech ohonynt wrthi.

Ond am yr eildro mewn deuddydd, camodd y General i'r adwy ac achub y dydd. Brasgamodd i mewn i'r caffi a tharanodd â llais y byddai unrhyw Sarjant-Major yn falch ohono.

—*Out! Or I call the police!*

Tawelodd pob un iobbo bach fel petai rhywun wedi ei daro â gordd. Ond symudodd yr un ohonynt, dim ond syllu'n syn ar y General.

—*Right! I've warned you!*—taranodd eto, a brasgamu am y ffôn.

Cododd pawb fel un gŵr a heidio am y drws. Un yn unig a fentrodd ddweud rhywbeth . . .

—*Bit o' fun, tha's all mate* . . .

—*Out!*

Ac allan â nhw . . .

Pesychodd deGaulle, a sychu ei dalcen a'i geg â'i hances. Yna dychwelodd eto fyth at ei beiriant. Dychwelodd Valmai eto fyth i'r Stafell Ddirgel, heb i ni dorri gair â'n gilydd. Dychwelais innau eto fyth at stôl y General y tu ôl i'r cownter, gan ddyheu eto fyth am ddwyn Mars Bar . . .

Un o'r gloch y prynhawn, y gwres yn annioddefol, a doedd byth dim Cymraeg rhwng Valmai a minnau. Roedd y caffi wedi prysuro, a dau neu dri twp iawn yn mentro i mewn am ginio nawr ac yn y man. Aem ninnau'n dwy yn ôl a blaen i uffern dân y Gegin Ddu heb edrych ar ein gilydd, heb sôn am dorri gair.

Roedden ni'n blentynnaidd hollol, ond p'un ohonom oedd yn mynd i ildio? Fi mae'n siŵr—fel arfer . . . A dweud y gwir ro'n i erbyn hyn wedi maddau iddi, fwy neu lai. Ro'n i hefyd eisiau trafod Donal, gan fy mod i'n hanner ofni ac yn hanner gobeithio y byddai'n cerdded i mewn i'r caffi unrhyw funud. Mae'n siŵr y byddai gan y diawl ddigon o wyneb i ddod i brynu'i Guards. Cyn i hynny ddigwydd ro'n i am gael gwybod y ffeithiau i gyd am neithiwr, er mwyn ei daclo. A chan mai Valmai oedd ein hunig linyn cyswllt, roedd adfer ein perthynas ni'n dwy'n hollbwysig. Ond ro'n i hefyd yn sylweddoli y byddai ei chael i gyfaddef unrhyw beth gwerth ei wybod fel tynnu cyfaddefiad o anghrediniwr adeg y *Spanish Inquisition*.

Gwyddwn yn fy nghalon, hefyd, fod yn *rhaid* i ni adfer ein perthynas. Dwy ffrind mynwesol yn ymddwyn fel gelynion! Roedd y peth yn drist o ddoniol.

O'r diwedd, penderfynais.

—Sori, Val—sibrydais wrth lwytho'r troli llestri.

Trodd i edrych arnaf a gallwn dyngu bod dagrau yn ei llygaid.

—A finne . . . Sori . . .

—On'd y'n ni'n ddwl?

—Hollol ddwl.

Gwenom ar ein gilydd. Ond do'n i ddim wedi gorffen eto.

—A'r cwbwl oherwydd hen Wyddel bach cachlyd . . .

—Cachlyd iawn.

—*Two-timer* dauwynebog.

Fe'i teimlais yn tynhau i gyd, a gwyddwn nad oedd angen i mi ddweud mwy. Ond cydiodd rhyw ddiawlineb ynof.

—Pwy oedd hi?

—Pwy oedd pwy?

—Gyda Donal neithiwr. O't ti'n 'i nabod hi?

—Gad hi, Ler. . .

—Pam na 'wedi di?

—Gad hi, ddeudis i!

—Weles i nhw, Valmai. Yn snogio wrth y Floral Hall! A fe welodd e fi hefyd!

—Wel pam ddiawl wyt ti'n gofyn i *mi*?

—Pwy oedd hi, Valmai? A be ddigwyddodd? Fydd y diawl 'ma unrhyw funud, a finne'n goffod 'i wynebu fe ar ôl neud ffŵl o'n hunan. Ma'n rhaid i fi ga'l gwbod!

Syllodd arnaf a nodio'i phen yn araf.

—Oes . . . Mi *ddyliet* ti gael gwbod mai hen sinach bach dandin ydi o.

—Ma'n rhaid i fi ga'l gwbod popeth!

—Iawn. Samantha 'dy 'i henw hi. Hogan o Meliden. Saint Asaph Grammar. *Centre Forward* y tîm hoci. Mae hi'n dda hefyd . . .

—Olreit!

—Ti ofynnodd! Mi ddaru nhw ddŵad i'r Roma, ond ddaru nhw ffraeo fel cath a chi . . .

—Pam?

—Mi oedd o wedi meddwi. Deud petha gwirion. A ddaru hi ddiflannu adre'n gynnar.

—A beth amdano *fe*?

Cododd Valmai ei hysgwyddau.

—Valmai! Gwed wrtha i!

—Mae o gyn wyneb y cythraul, Ler. . .

—Pam? Be 'na'th e?

—Mi ddaru o drio dwy neu dair arall yn y Roma. Ond chafodd o fawr o hwyl. Wyt ti'n hapus rŵan?

A diflannodd i lawr y Grisiau Serth.

Suddais ar stôl y General a dechrau cyfrif fy mhroblemau dyrys. Roedd gwybod y gwir i gyd am Donal yn waeth na'i amau. Poenwn am siaced ledr Valmai. Poenwn am ein cweryla. Roedd poen yn fy mol ac ing yn fy nghalon. Roedd popeth yn gachlyd yn y Caffi Cachlyd y bore hwnnw. Roedd bywyd mor ddiflas, mor gymhleth ac mor llawn o rwystredigaethau . . .

Cysur—dyna beth oedd ei angen arnaf . . .

Edrychais drwy'r ffenest a gweld deGaulle yn estyn cornets perffaith i ddau blentyn bach mewn dillad nofio a fflipers.

Ildiais i demtasiwn. Estynnais am Mars Bar . . .

Am ddau o'r gloch y prynhawn, ro'n i'n talu fy mhedwerydd ymweliad â'r toiled cyhoeddus dros y ffordd, fy Lillettes mewn bag-ymolch blodeuog o dan fy nghesail. Pan o'n i ar fin croesi'r ffordd yn ôl i'r caffi, pwy welais yn dod o'r Black Cat ond Donal. Safodd i gynnau sigarét cyn mynd i ddal pen rheswm â'r General yn ei gadair-haul.

Mewn cyfyng-gyngor llwyr, fe'u gwyliais yn sgwrsio. Beth o'n i'n mynd i'w wneud? Aros allan ar y Prom nes iddo brynu'i Guards a dychwelyd i'r Black Cat? Martsio heibio iddo a'i anwybyddu? Sleifio heibio a mynd i guddio i'r Gegin Ddu? Neu . . .

Gwnes fy mhenderfyniad. Ar ôl croesi'r ffordd, anelais yn syth am ddrws y caffi. Roedd Donal â'i gefn ataf, ac ro'n i ar fin cyrraedd diogelwch pan glywais lais y General yn gorchymyn i mi estyn deg Guards o'r silff y tu ôl i'r cownter. Oedais am eiliad, yna i mewn â mi, o'r haul i'r tywyllwch.

Roedd fy nghefn at y drws pan glywais ei lais.

—*How arre you, Elerri?*

Roedd y llygaid gleision yn anwesu fy ngwar. Trois ato. Gwisgai grys cotwm gwyn, a'r llewys wedi'u torchi. Gwelwn y blew tywyll, anifeilaidd ar ei freichiau . . .

Gwenodd, a gafael yn fy llaw.

—*I'm sorry about last night* . . .

Does dim pwrpas i mi gofnodi'r hyn a ddywedwyd yn ystod y tair munud nesaf. Mae hi'n anodd cofio'r union eiriau. Ond cyn iddo estyn dros y cownter a rhoi sws ar fy moch, cyn iddo ddweud '*See you laterr, Elerri*' mor awgrymog, a diflannu allan i'r haul, roedd wedi cael maddeuant ac ro'n i wedi addo ei gyfarfod wrth brif fynedfa'r ffair am saith.

Pam? Pwy ŵyr? Hen sinach bach dan-din. Diawl celwyddog, dauwynebog, twyllodrus . . .

Sut? Cwestiwn da, a minnau wedi addo cwrdd â Richard the Lionheart Druan yn y Roma am hanner awr wedi chwech.

Dyma beth oedd cawl—lobscows go iawn . . .

Mewn gwirionedd, roedd gen i dair problem. Un go fawr oedd Richard. Sut oedd cysylltu ag e, druan, i ganslo'r oed? Go brin bod ganddo ffôn. Petai ganddo ffôn, beth oedd enw'i dad? Jacko . . . Jacko Jones . . . Sawl J. Jones fyddai yn y llyfr? A beth oedd ei gyfeiriad? Oedd, roedd gen i broblem . . .

Mama a Dada oedd yr ail broblem, a sut i gael caniatâd i aros allan tan ddeg o'r gloch, heb balu celwyddau anferthol.

Y drydedd broblem, a'r un fwyaf oll, oedd Valmai. Os—neu'n hytrach *pan*—sylweddolai bod gen i drefniant gyda dau, byddwn yn destun gwawd. Pan sylweddolai mai Richard oedd un o'r ddau, a 'mod i'n bwriadu ei drin mor siabi, byddai'n gynddeiriog. Pan sylweddolai mai Donal oedd y llall, fyddai 'mywyd i ddim gwerth ei fyw.

Y gwir oedd fod arnaf angen ei help a'i chydweithrediad—petai ond i dorri'r newyddion drwg i Richard, rhag iddo eistedd yn y Roma yn aros amdanaf. Ond gwyddwn nad oedd gen i'r dewrder i egluro'r sefyllfa gymhleth wrthi. Ofnwn y canlyniadau enbyd . . .

Roedd hi newydd gyrraedd yn ôl o'i hawr ginio, yn drewi o stwff haul, ei thrwyn a'i thalcen yn goch. Ro'n i wedi sylwi arni'n diflannu ar hyd y Prom, law yn llaw â Mickey, yn gwisgo'i shorts bach denim a'i thop haul *shocking-pink*. Ro'n i hefyd wedi sylwi ar y General yn edrych arni gan bigo'i drwyn a sychu'i dalcen â'i hances boced . . .

Erbyn hyn roedd hi'n ôl yn ei hoferôl nefi-blŵ, ac ar gefn ei cheffyl.

—Mister Charles—meddai, rhwng cegeidiau o Tizer—Mae'r oferôls yma'n uffernol!

—Be?

—Chwysu peintia ydw i! Sbïwch!

Agorodd fotwm ucha'r oferôl i ddatgelu dafnau o chwys uwchben—a rhwng—ei bronnau. Winciodd arnaf wrth weld deGaulle yn rhythu ar y chwys a'r bronnau, ac yna'n llyfu ei wefus isaf.

—Hen bethe neilon, Mister Charles, hen *man-made fibres*. Sbïwch! Mae o'n glynu amdana i! Tydy 'nghorff i ddim yn medru anadlu.

Sychodd y chwys â Kleenex. Sychodd deGaulle ei dalcen â'i hances.

—*Mae* hi'n boeth, on'tydy, genod?

—'Dech chi'n deud y gwir yn fanne, Mister Charles . . . A tydy'r hen fratie a'r capie yma ddim yn help . . . Teimlwch y chwys ar 'y nhalcen i . . .

Cydiodd y gnawes yn ei law a'i gosod ar ei thalcen. Gwingodd yntau—neu ai fi oedd yn dychmygu?

—Dwi gyn syniad da, Mister Charles. Wel, gyn fi ac Eleri, a deud y gwir . . .

Crychais fy nhalcen arni. Pa 'syniad da' yr oedden ni'n dwy wedi'i gael er nad oedden ni wedi siarad yn sifil â'n gilydd drwy'r dydd?

—'Den ni'n dwy'n meddwl y base'n syniad da i ni wisgo rhywbeth arall mewn tywydd poeth fel hyn. Tyden, Ler?

—Wel . . .

—Sbïwch arni, Mister Charles! Mae hi'n chwysu'n waeth na fi!

Pesychodd deGaulle yn nerfus.

—A be fasech chi'n licio'i wisgo, Valmai?

—Llai, Mister Charles, llai o lawer . . .

Pesychiad arall. Yn sydyn, tynnodd Valmai ei chap a'i brat a'u taflu i'r naill ochor ar ben y troli llestri.

—Dim capie, dim bratie gwirion, a dim oferôls.

—Dim oferôls?

Roedd ei sibrwd yn gwanhau â phob brawddeg, druan.

—Na, dim oferôls. Oherwydd wyddoch chi be, Mister Charles. Tase Ler a minne'n perthyn i NUPE neu . . .

Edrychodd ataf am borthiant. Meddyliais yn sydyn . . .

—NALGO . . .

—Ie, NALGO. Tasen ni'n perthyn i'r rheiny, mi fysech chi mewn trwbwl.

—Pam?

—Maen nhw'n banio oferôls neilon mewn tywydd poeth.

—Pwy sy'n deud?

—Pawb. Pawb call. Wir yr, Mister Charles. Gofynnwch i Tecwyn 'y mrawd sy'n gweithio yn Kwiks.

—Ond be fysech chi'n wisgo yn lle'ch oferôls?

Roedd hi'n anodd ei glywed erbyn hyn, roedd yn sibrwd mor isel.

—Cotwm, Mister Charles. Fel hwn . . .

Agorodd ei hoferôl i ddatgelu'r top-haul *shocking pink.* Gwingodd deGaulle eto.

—Defnydd naturiol. Ddim yn mygu'r corff . . .

Mwmbliodd deGaulle rywbeth aneglur tebyg i 'A be arall?'

—Be arall? Sgert fach denim ella, fel un Ler. . .

Cododd waelod fy oferôl i ddangos fy sgert iddo. Yna winciodd arno ac agor gweddill botymau ei hoferôl yn araf.

—Neu shorts, 'te, Mister Charles . . .

Wrth weld ei shorts a'i choesau'n dod i'r golwg trodd deGaulle i astudio'r jariau losin. Gwenodd Valmai arnaf a phwnio 'mraich.

—Be 'dech chi'n ddeud, Mister Charles? Gawn ni dynnu'r oferôls? Plîs?

Roedd yn dal i astudio'r jariau.

—Mi fase'n well i chi gael gair am y mater efo Mrs Charles . . .

A chyda hynny, penderfynodd y byddai'n saffach iddo fod allan yn yr awyr iach, yn ffidlan gyda'i beiriant hufen iâ.

Yn y Gegin Ddu roedd y Wrach a Flash y milgi dall bron iawn â mynd o'u co. Roedd y ddau'n chwythu fel meginau, a'u tafodau'n hongian allan yn sychedig. Roedd y Wrach wedi torchi llewys ei hoferôl frown ac wrthi'n ffanio'i hwyneb â darn o focs Weetabix. Doedd Flash, druan, ddim mor lwcus. Gorweddai'n fflat ar lawr, ei lygaid fel soseri a'i goesau ar led. Oni bai ei fod yn anadlu'n drwm, gallech dyngu mai un o'r rygs erchyll yna o groen anifail ydoedd.

—A ble 'dech chi'ch dwy'n mynd?—crawciodd y Wrach yn llawn amheuaeth pan welodd ni'n sleifio i mewn i'r Stafell Ddirgel.

Gwenodd Valmai ei gwên Mona Lisa.

—I newid ein dillad, Mrs Charles. Mae Mister Charles wedi deud . . .

—Deud be?

—Bod popeth yn iawn. 'Den ni'n cael tynnu'n oferôls— oherwydd y gwres.

—Ond be 'dech chi'n mynd i wisgo?

I mewn â ni, heb ei hateb. Caeodd Valmai'r drws a thynnu'r ddau follt i'w lle gydag arddeliad. Roedd y Wrach yn dal i weiddi.

—Dwi'n gofyn eto! Be 'dech chi'n mynd i wisgo?

Roedd Valmai'n serennu.

—'Den ni'n blydi briliant, tyden!

Tynnodd ei hoferôl a'i thaflu ar y soffa.

—Welist ti'r diawl bach randi'n chwysu?

—O, whare teg, Valmai, o't ti'n 'i gynhyrfu fe.

—Mi oedd o wrth 'i fodd, y sglyfeth.

Snwffiodd o dan ei cheseiliau.

—Ew, dwi'n drewi! Tyd â pheth o dy anti-pong bach neis i mi.

Estynnais y Rollette iddi. Roedd hi'n bwysig 'mod i'n ei chadw'n hapus er mwyn i mi gael amser i drefnu f'amserlen.

—Beth yw dy blanie di ar gyfer heno, Valmai?

Gobeithiwn fod fy nghwestiwn yn swnio'n ffwrdd-â-hi.

—Planie? Dim . . . Dwi 'di cael dwy noson allan yr wythnos yma'n barod. Mi fydd Mam yn gneud 'i nyt os fydda i allan heno eto.

Roedd hi wrthi'n gwisgo sgert fach wen nad oedd fawr llaesach na'i shorts. Mesurais fy nghwestiwn nesaf yn ofalus.

—Felly fyddi di'n mynd adre'n syth o'r gwaith?

Roedd hi'n anodd cadw tôn fy llais yn normal.

—Pam ti'n holi? Be wyt *ti*'n mynd i neud?

Cwestiwn cwbwl ddi-hid ydoedd ond gwnaeth i mi chwysu fwy byth. Rhoddais ddos go dda o'r Rollette o dan fy ngheseiliau.

—Mynd i Kwiks i siopa gyda Mama. A wedyn rhoi rolers yn 'i gwallt hi.

—Neis iawn. Bron mor neis â'r noson dwi'n bwriadu'i chael. *Compact* ar y bocs, bàth, golchi 'ngwallt a gwely cynnar.

Haleliwia!

—Ga'i fenthyg dy grib di, Ler?

Chlywais i mo'i chwestiwn gan 'mod i'n brysur yn diolch i'r duwiau am eu help. Roedden nhw wedi trefnu na fyddai Valmai'n crwydro ar hyd strydoedd y Rhyl y noson honno. Gydag ychydig mwy o'u help, gallwn ruthro heibio i'r Roma i ddweud wrth Richard, druan, nad oedd modd i ni gyfarfod, cyn rhedeg draw ar hyd y Prom i gwrdd â Donal wrth y ffair. Whiw! Roedd meddwl am y peth yn peri i'r chwys fyrlymu fwyfwy. Ond o leiaf gallwn fod yn siŵr na welai Valmai ni.

Roedd Valmai wrthi'n siarad.

—Eleri, ddaru ti glywed? Ga'i fenthyg dy grib di?

—Cei, wrth gwrs. Helpa dy hunan.

—Diolch . . .

Cribodd ei gwallt gan syllu'n od arnaf.

—Be sy ar dy feddwl di, Ler?

—Dim!

—Paid â deud dy fod ti'n dal i feddwl am blwmin Donald Duck! Rho'r diawl hogyn gwirion allan o dy ben, 'nei di!

Ond do'n i ddim yn gwrando arni. Roedd gormod o bethau

ar fy meddwl. Roedd fy nghalon yn curo'n rhy gyflym. Roedd gofyn pwyllo ac arafu. Wow nawr, Eleri, pwyll piau hi. Cynllunia dy noson yn ofalus . . .

Reit, cam un fyddai gorffen gwaith yn gynnar er mwyn ymbincio . . . Cam dau fyddai gwneud yn hollol siŵr bod Valmai allan o'r ffordd . . . Cam tri . . .

—Hei, wyt ti'n dŵad fyny i'r caffi neu beidio?

—Ydw!

Cam tri fyddai rhedeg draw i'r Roma i roi'r newyddion drwg i Richard . . . Cam pedwar fyddai rhedeg ar hyd y Prom i gwrdd â Donal . . . Cam pump . . . Cam pump—pwy ŵyr?

Sawl cam fyddwn i wedi eu cymryd cyn mynd adre?

Shit! Mama a Dada *and great balls of fire!*

Wrth neidio dros gorff llipa Flash ac anwybyddu ebychiadau'r Wrach ar fy ffordd yn ôl i'r caffi, problem cael caniatâd Mama a Dada oedd y bwgan mawr.

—Helô? Mama?

—Eleri! Pam wyt ti'n ffonio? O's rhywbeth yn bod? Wyt ti'n sâl?

—Na . . .

—Damwen! Wyt ti wedi ca'l damwen?

—Na. 'Mond gweud y bydda i'n hwyr heno.

—Yn hwyr? Pa mor hwyr?

—*Bus* deg . . .

Saib.

—Eleri, dwyt ti ddim yn ca'l mynd i neud drygioni 'da'r groten Valmai 'na.

—Mama, plîs . . .

—Eleri—*na*! Ma' Dada fan hyn yn ysgwyd 'i ben hefyd. Geith *e* air â ti . . .

—Mama, gwrandwch! Fydda i ddim yn mynd i unman gyda Valmai.

—Gyda pwy, 'te? Bachgen, ife?

—Ie . . .

—O'n i'n ame! Pa fachgen? Ydy Dada a finne'n 'i nabod e? Ydyn ni'n nabod 'i rieni e?

—Na.

—Wel, Eleri fach, ma'n ddrwg 'da fi . . .

—Richard yw 'i enw fe. Fe sy'n gwerthu hufen iâ yn y Carlton . . .

—*Na*, Eleri.

—Ma' fe yn Chwech Dau. Newydd neud 'i lefel 'A'. Pedair 'A' . . .

—Pedair 'A'!

—Fydd e'n mynd i Rydychen . . .

Tawelwch llethol ar ben draw'r lein, ac yna Mama'n rhoi ei llaw dros y ffôn i gael gair â Dada. Gwyddwn beth fyddai'r cwestiwn nesa.

—Eleri? Ma' Dada'n gofyn i ble fyddwch chi'n mynd, ti a'r Richard yma.

—I'r Roma i ga'l coffi. Ac wedyn am dro ar hyd y Prom.

—Ydy'r Richard yma'n un am hel diod?

—Na. Ma' fe'n casáu cwrw.

Sŵn llaw-dros-y-ffôn unwaith eto. O'i gymharu â'r pantomeim yma, chwarae plant oedd trefnu Cytundeb Heddwch Versailles.

—Eleri, mae Dada'n gofyn fedrwn ni drystio'r Richard yma? Ydy e'n fachgen bach neis?

—Neis ofnadw . . .

Llaw-dros-y-ffôn eto fyth. Yna'r geiriau hyfrytaf yn y byd.

—Ma' Dada'n gweud y cei di fynd . . .

Haleliwia!

— . . . ar yr amod . . .

Gwyddwn yr amod—na, yr *amodau*—yn iawn. Fy mod i fihafio, i gofio i bwy o'n i'n perthyn, ac i ddod adre'n deidi ar y bws deg. Roedd Mama'n dal i bregethu . . .

—Eleri? Wyt ti'n gwrando?

—Wrth gwrs.

—A Eleri?

—Ie?

—Ma' Dada'n gweud 'Mwynha dy hun'. A finne hefyd.

—Diolch . . .

Siŵr o wneud, Mama fach, siŵr o wneud. Dwyawr arall, a byddwn ar fy ffordd i'r ffair—a'r Nefoedd . . .

79

Cyrhaeddodd hanner awr wedi pump o'r diwedd, ac roedd Valmai a minnau yn y Stafell Ddirgel. Brasgamodd draw i'r ffenest a thynnu'r llenni.

—Rhag i'r byd a'i frawd ein gweld ni!

Yna goleuodd yr Emergency Lighting er mwyn astudio'i hwyneb yn drych.

—Drat! Dwi 'di llosgi 'nhrwyn!

Ro'n i wedi cynhyrfu gormod i ymateb. Ro'n i'n sypyn o gynnwrf gwyllt, ond yn ddigon call i sylweddoli na ddylwn godi amheuon Valmai. Yn un peth, roedd hi'n bwysig peidio â gor-ymbincio yn ei gŵydd. Mynd adre o'n i yn ei thyb hi, ac yna'n syth i Kwiks—nid mynd i gadw oed â 'nghariad newydd. Fy nghariad newydd! Pa ryfedd fod y brwsh mascara'n crynu yn fy llaw?

—Be 'dy'r tartio fyny 'ma, Ler?

Yr union gwestiwn lletchwith y gochelwn rhagddo! Ond doedd dim rhaid i mi ei ateb, diolch byth, gan fod meddwl Valmai'n rasio.

—A be 'dy hanes Reenee erbyn hyn? Wyt ti'n credu y bydd hi yma fory? Mi geith hi ddallt 'i seis, os bydd hi! 'I seis! Dyne jôc!

Chwarddodd yn uchel ar ei jôc. Chwarddais innau hefyd, er mwyn ei chadw'n hapus. Ro'n i am iddi ddiflannu. Yn fwy na dim byd arall yn y byd, ro'n i am i Valmai ddiflannu o'r Stafell Ddirgel, o'r Carlton, o'r Rhyl—wel, i diriogaeth saff ei chartref draw ar gyrion Rhuddlan Road—yn ddigon pell o'r Prom a'r Roma. A'r ffair.

—Ler, ti'n ffansi *milk-shake* oer neis yn y Roma cyn mynd adre?

Taranfollt arall, fwy lletchwith fyth na'r gyntaf. Ond daeth achubiaeth unwaith eto.

—Na, anghofia fo. 'Sgin 'im 'mynedd. Dwi am fynd adre i gael bàth oer. Mae 'nghefn i'n llosgi, sbia.

Tynnodd ei thop-haul i lawr dros ei hysgwyddau i ddatgelu'r croen tyner, cochlyd ar ei gwar. Astudiodd gefn ei choesau yn y drych.

—A thop 'y nghoese, sbia. Damia, 'mond hanner awr o haul a dwi fel lobster wedi'i ferwi.

Doedd gen i mo'r awydd na'r amser na'r amynedd i drafod lliw haul Valmai. Y cyfan oedd ar fy meddwl oedd Richard yn y Roma, y pellter o'r Roma i'r ffair, a Donal . . .

—Reit, dwi'n mynd.

O'r diwedd! Diolch byth!

—Dwi am alw yn y Black Cat ar fy ffordd—i ddeud ta-ra wrth Mickey. Os digwydd i mi weld yr hen Donald Duck, mi ddeuda i 'twll dy din di' wrtho fo.

—Da iawn ti. Y diawl!

—Mae 'ne ddigon o bysgod bach jiwsi neis ar ôl yn yr hen fôr, Ler fach. Wela i di fory. Ta-ra—a chofia ddiffodd y gole . . .

—Iawn. Ta-ra . . .

Ochneidiais mewn rhyddhad pan gaeodd y drws y tu cefn iddi. Fe'i clywais yn gweiddi 'Ta-ra Mrs Charles' ar y Wrach, a sŵn ei thraed yn carlamu i fyny'r Grisiau Serth. Ac yna tawelwch . . . O'r diwedd, ro'n i ar fy mhen fy hun yn y Stafell Ddirgel . . .

Eisteddais yn drwm ar y soffa a phwyso'n ôl a chau fy llygaid. Roedd heddiw wedi bod mor hir, mor affwysol o dwym ac mor anhygoel o gyffrous. Ac roedd mwy i ddod! Lot mwy!

Neidiais ar fy nhraed a thynnu'n nicers, gan ddiolch 'mod i wedi dod â'r ddau bar sbâr. Gwenais . . . Druan â Mama—hi â'i 'misglwyf' a'i 'hamser o'r mis' a'i 'bihafia' a'i 'chofia i bwy wyt ti'n perthyn'. Wrth roi'r nicers mewn bag bach plastig a'i sodro reit lawr yng ngwaelod fy nyffl-bag, trawodd y syniad dychrynllyd fi y gallwn innau fod fel Mama rhyw ddiwrnod, yn llawn gofid am fy unig ferch, ond yn dawel fy meddwl wrth olchi'i nicers gwaedlyd hi bob mis. Tra bod y nicers yn waedlyd byddai'r ferch yn ddianaf . . .

Ond wrth rhoi joch o Femfresh rhwng fy nghoesau, a'i deimlo'n oer ac antiseptig braf, gwrthodais ystyried y posibilrwydd erchyll y byddwn yn debyg i Mama. Pwy, fi? Fi, Eleri, yn hanner cant oed—yn wraig barchus i weinidog parchus, peripatetig yr Efengyl; yn gorfod codi pac a gwreiddiau bob whip stitsh, symud ardal, colli ffrindiau, wynebu hiraeth ac unigrwydd; gwisgo het a chostiwm jersi nefi-blŵ ar ddydd Sul;

ymgeleddu pawb a phopeth is y rhod, yn enwedig fy ngŵr bach parchus a'm merch afradlon? *No way! No bloody way!*

Roedd y meddyliau positif hyn wedi adnewyddu f'ysbryd. Roedd gwisgo nicers glân, rhoi dôs o dalc In Love ar ben y Femfresh, dôs o shampŵ sych ar fy ngwallt a brwsh drwyddo, wedi llwyddo i gyflawni gwyrthiau. Rhwbiais flaen bys o'r OutDoor Girl Bronze All-in-One ar fy mochau—a dyna pryd y sylweddolais fod ploryn ar flaen fy nhrwyn.

Shit and corruption! Beth yn y byd mawr nesa?

Doedd e ddim yn un mawr, ond eisteddai'n haerllug, hyll, reit ar flaen fy nhrwyn, yn lwmpyn bach ffyrnig a'i ganol yn galed. Gafaelais mewn Kleenex a cheisio gwasgu'r drwg ohono. Ond fel y dywedodd rhywun, haws codi'r môr â phlisgyn wy . . . Er gwasgu a gwasgu, a newid ongl yr ymosodiad sawl tro, doedd dim yn tycio. Doedd y diawl ddim yn ddigon aeddfed. Ond oherwydd y gwasgu creulon, roedd y ploryn bach coch wedi tyfu'n bloryn mawr coch, a hwnnw'n un poenus iawn. Doedd dim i'w wneud ond plastro Erase arno'n drwch, a mwy o'r OutDoor Girl Bronze All-in-One. Taenais haenen drwchus dros fy nhrwyn a thros weddill fy wyneb nes fy mod yn ymdebygu o ran lliw, os nad o ran llun, i Miss Sunny Rhyl.

Creffais unwaith eto yn y drych. Disgleiriai'r ploryn fel angel ar ben coeden Nadolig. Ond doedd dim amser i boeni mwy amdano. Roedd hi'n hen bryd symud.

Wrth gasglu'r manion yn ôl i'r dyffl-bag, roedd Donal yn drwm ar fy meddwl. Byddai wrthi'r funud hon yn paratoi ar gyfer ein hoed. Fe'i dychmygwn yn cael cawod ac yn golchi ei wallt sidanaidd. Byddai'n siŵr o roi anti-pong o dan ei geseiliau ac afftyr-shêf ar ei fochau. Yna byddai'n dewis crys addas, un y gobeithiai y byddwn yn ei hoffi, a byddai'n siŵr o adael y ddau fotwm uchaf yn agored. A thrwy'r holl ymbincio a pharatoi, byddai'n meddwl amdanaf, yn cynllunio'n noson yn ofalus, yn penderfynu i ble yr âi â mi. Roedd dychmygu hyn i gyd yn fy nghyhynhyrfu'n lân.

Un cwmwl mawr oedd ar fy ngorwel, ac eisteddai hwnnw yn y Roma. Rhaid oedd cael ei wared . . .

Cydiais yn dalog yn fy mag a diffodd y golau. Brasgamais drwy'r Gegin Ddu, dros gorff y Flash anymwybodol, heibio i sŵn y Wrach yn bustachu yn ei thoiled, at ddrws y cefn. Do'n i ddim am fentro heibio i'r Black Cat rhag cyfarfod â Donal yn rhy gynnar. Roedd gen i waith bach diflas i'w gyflawni'n gyntaf . . .

Eisteddai a'i goffi o'i flaen. Tra byddaf byw, anghofiaf i fyth mo'i wyneb pan gododd ei ben ac edrych arnaf yn cerdded i mewn a dod i eistedd yn ei ymyl. Disgleiriai fel haul canol dydd. Meddyliais am eiliad ei fod wedi bod yn torheulo'n rhy hir yn haul canol dydd. Ond na, doedd ei wyneb ddim yn goch nac yn chwyslyd nac yn seimllyd, a phrin oedd y plorod. Ie, *disgleirio* oedd y gair addas i'w ddisgrifio, fel y bydd babi'n disgleirio ar ôl dod o'r bàth. A synnwn i damaid petawn wedi tynnu dillad tlodaidd, henffasiwn Richard the Lionheart Druan y funud honno, y byddwn wedi gweld bod ei gorff cyfan yn disgleirio, pob un rhan ohono.

Gwisgai siaced frethyn, frown, crys neilon hufen, a thei frocêd frown a gwyrdd â phatrwm deiliog drosti. Edrychai fel petai sprigyn o iorwg yn hongian o'i wddf. Pan gododd ar ei draed a dal cadair i mi'n rêl gŵr bonheddig, lledodd cwmwl o Old Spice o'i gyfeiriad.

—Sut wyt ti, Eleri? Ti'n edrych yn neis iawn. Ti gyn blows neis iawn.

—Diolch.

—Roedd hi'n boeth iawn heddiw.

—Oedd.

—Dwi wedi bod yn lwcus iawn yn cael diwrnod off.

—Wyt.

O! am i Dduw neu'r duwiau neu'r tylwyth teg neu rywun f'achub rhag yr artaith hon. O! am gael fy nghipio i ffwrdd o'r Roma a'm gosod ym mreichiau Donal.

—Te neu goffi? Neu beth am *milk shake*?

—Richard . . .

—Ie?

Chofiaf i ddim beth yn union oedd y celwydd mawr a chreulon a arllwysais drosto. Rhywbeth annelwig am 'berthnasau'n dod i aros' a bod Mama wedi rhoi ei throed i lawr a bod Dada'n un anodd iawn ei groesi. Mae cydwybod euog yn dileu'r cof, medden nhw. Ond yr hyn a gofiaf yn hollol glir yw'r siom oedd ar ei wyneb. Diffoddodd yr haul ar un amrantiad—yn union fel petawn i wedi tynnu'r plwg o'i soced.

—Beth am rywbryd eto?—fe'i cofiaf yn gofyn.

Ac unwaith eto mae'n siŵr i mi sôn am broblemau ymarferol cwbwl anorchfygol fel perthnasau diflas a fynnai aros am ddyddiau, wythnosau, am fisoedd hyd yn oed; am famau penstiff a fynnai help eu merched, ac am dadau cwbwl anystyriol.

Beth bynnag oedd fy nghelwyddau, fe'u derbyniwyd yn ddigwestiwn gan Richard the Lionheart Druan.

—Wel, ti gyn amser i gael rhywbeth cyn mynd adre. Coffi, te, *milk shake* . . .

—Na, well i fi fynd.

—Wel dwi am ddŵad efo ti i'r *bus station*. Neu dwi gyn gwell syniad. Dwi'n dŵad ar y *bus* i Brestatyn efo ti.

—Na!

—Pam?

Am nad o'n i'n mynd i'r blydi *bus station*, dyna pam, ac am nad o'n i'n bwriadu dal unrhyw blydi *bus* i Brestatyn nac i unman arall. Am fod y blydi ffair i'r cyfeiriad hollol wahanol— bron i blydi filltir i ffwrdd. Am fod gen i lai na chwarter awr i gael gwared o'r blydi Richard 'ma ac i redeg bron i filltir. Am yr ail noson yn olynol, byddwn yn rhedeg nerth fy nghoesau pwt. Fi, y byddai'n well gen i roi fy mys mewn tân na rhedeg canllath; fi'r dindrom, anosgeiddig, dew a oedd yn destun gwawd gan Ma Phelps gan fod fy rhesymau dros eithrio o'i gwersi chwaraeon mor druenus o ddiddychymyg ac ailadroddus.

—Chi, Eleri Williams, 'dy'r unig hogan yn y byd sy'n cael amser-y-mis pob pythefnos. A sawl gwaith 'dach chi wedi troi'ch ffêr yn ystod yr wythnosau diwethaf yma?

Ac yma, yn y Roma hefyd, yr un mor bitw oedd fy esgusodion.

—Pam, Eleri?

84

—Pam? Am fod Dada'n dod i gwrdd â fi . . . Yn y car . . .
Fydd e wrth y cloc am chwarter i . . .
Edrychais yn ddramatig ar fy watsh.
—Ma'n well i fi fynd!
—Dwi'n dŵad efo ti . . .
—I ble?
—At y cloc.
—Na!
—Pam?
—Pam? Ma' Dada—wel, fel gwedes i, ma' Dada'n eitha od
ynglŷn â bechgyn. Heb iddo fe 'u nabod nhw'n iawn.
—O . . . Wel, mi wela i di fory felly. Yn y caffi . . .
—Ie, grêt. A sori am heno, Richard. Niwsans yw rhieni, ontefe?
Gwenodd a nodio'i ben yn drist. Damia! Wrth gwrs! Jacko
feddw gaib, yn curo'i feibion, yn gwrthod gadael i'r hen Richard
wneud ei waith. Da iawn Ler! Marciau llawn am siomi'r crwt ac
yna troi'r gyllell yn ei berfedd. Yr unig ateb oedd mynd oddi
yno gynted ag oedd modd.
—Hwyl, Richard . . .
—Hwyl, Eleri . . .
Edrychais dros f'ysgwydd arno wrth fynd drwy'r drws, yn ei
siaced frethyn a'i grys a'i dei, yn sipian ei goffi oer. Teimlais
bangfeydd sylweddol o dosturi—ac o euogrwydd mawr.

Pum munud a chwarter milltir yn ddiweddarach, diflanasai'r
pangfeydd yn llwyr. Yn eu lle roedd teimlad o nerfusrwydd yn
gymysg â chyffro rhywiol a oedd yn anodd ei reoli.
Penderfynais weld sut olwg oedd ar y ploryn erbyn hyn.
Rhuthrais i mewn i'r Palace ac anelu'n syth am y toiled. Drwy
ryfedd wyrth edrychwn yn weddol dderbyniol, a doedd y
ploryn ddim yn rhy amlwg o dan yr Erase. Taenais drwch o
bowdwr drosto a thynnu crib drwy 'ngwallt.
Ie, bant â'r cart oedd hi, a rhuthrais o'r Palace am y ffair.

Roedd Donal yno'n barod, wrth y stondin cyntaf ar y dde, yn
chwarae Roll-a-penny. Oedais y tu cefn iddo, a'i wylio a'i

85

werthfawrogi'n falch, gan geisio cael fy ngwynt ataf wedi'r rhuthro gwyllt.

Gwisgai'r un crys ag a wisgai'n gynharach y prynhawn, yr un cotwm gwyn, a'r llewys wedi'u torchi hyd at ei beneliniau. Oedd, roedd y manflew tywyll ar ei freichiau'n amlwg; cyrliai ei wallt rownd ei glustiau ac i lawr ei wegil, gan ddiflannu'n llawn dirgelwch y tu mewn i'w goler. Gwelwn gyhyrau ei freichiau'n tynhau bob tro y rhoddai ysgytwad diamynedd i'r nobyn a reolai'r ceiniogau. Ond er gwaethaf ei lywio medrus, rowliai un geiniog ar ôl y llall i mewn i'r pentwr heb gael dim un yn ôl. O'r diwedd, trawodd ei ddwrn ar y gwydr ac anelu cic flin at geilliau'r clown a addurnai'r stondin. Tybiais ei bod hi'n gyfle da i fentro ato.

—Haia, Donal—sibrydais yn ei glust, mor ddeniadol ag y gallwn.

Trodd ataf a gwenu ei wên fach ddrygionus.

—*Haia Elerri! At last! I was goin' to give you two morre minutes.*

—*And then?*

—*And then—I'd have looked forr someone else!*

Winciodd, a rhoi ei fraich am f'ysgwyddau a chusan ysgafn ar fy moch. Roedd whiff o gwrw ar ei anadl, ac ychwanegodd hwnnw at y cynyrfiadau a deimlwn yn fy mherfedd. A doedd pethau ddim ond wedi megis dechrau!

—*Whoopee! Lessgo!*

Fe'm tynnodd gerfydd fy llaw drwy'r dorf, heibio i'r stondinau hap-chwarae, y Laughing Policeman, y Silly Sailor a'r What the Butler Saw. Oedodd wrth y candi-fflos, y 'falau-toffi a'r *chips*, ond gyda lwc fe benderfynodd nad oedd yn ddigon llwglyd i brynu dim.

Effeithiodd yr holl synau a'r arogleuon arnaf yn syth. Ar ôl cwta funud ro'n i'n difaru fy mod wedi cytuno cyfarfod yn y ffair. Roedd popeth sydd ynglŷn â ffair wedi troi arnaf. Môr o gyrff yn gwasgu amdanaf; pawb yn gwthio ac yn gweiddi, yn chwerthin a sgrechen a rhegi. Ro'n i'n ôl yn fy mhlentyndod, yn crwydro'r ffair yn llaw Wncwl Griff, yn cael f'annog ganddo i 'enjoio', yn cael fy llwytho a'm llethu â danteithion ych-a-fi, ac yn casáu pob eiliad hir. Ond feiddiwn i ddim â chwyno.

Penderfynodd Donal ei fod yn llwglyd wedi'r cyfan, a phrynodd gwdyn mawr o bopcorn. Mae'n gas gen i bopcorn, ond twriais i mewn i'r rhain yn awchus.
—*Enjoyin' yerrself, Elerri?*
—*Yes!*
Llyncais ddyrnaid arall o bopcorn i brofi'r pwynt. Yr eiliad honno y dechreuais weddïo na fyddwn yn chwydu cyn diwedd y nos.
—*Okay, let's 'ave some fun!*—gwaeddodd Donal yn sydyn gan daflu gweddillion y popcorn i fasged sbwriel. Cydiodd yn fy llaw a'm tynnu ato nes bod ein trwynau'n cyffwrdd.
—*I'm goin' to give my little Elerri a night to rememberr. I prromise . . .*
Syllodd i fyw fy llygaid cyn fy nghusanu'n llawn addewid ar fy ngwefusau . . . Roedd blas cwrw a phopcorn yn gyfuniad diddorol . . .
Ac ymlaen â ni drwy'r gwagedd.
—*Rright! Wherre shall we starrt?*
Llifodd ias oer drosof. Roedd disgwyl i mi ddewis ar ba reid—y Bympers, y Big Dipper neu'r Ghost Train—yr hoffwn gychwyn ar y noson hon i'w chofio. Ond roedd dychmygu'r artaith a gynigiai pob un o'r cnafon yn ddigon i beri i'r popcorn yn fy mol ddawnsio jig. Penderfynodd Donal yn fy lle, a chyn i mi feddwl ddwywaith ro'n i'n eistedd wrth ei ochr mewn car bymper glas, yn cael fy ngyrru'n ddidostur yn erbyn unrhyw gar arall a ddigwyddai ddod o fewn cyrraedd. Anelai Donal yn ofalus, a llwyddai'n ddi-ffael gyda phob ymosodiad, gan weiddi 'Gotcha!' a chodi'i ddwrn yn fuddugoliaethus i'r awyr. Cawsom dri gwrthdrawiad ar ddeg—fe'u cyfrais yn ofalus bob un yn y gobaith gwag mai hwnnw fyddai'r un olaf.
Drwy ryfedd wyrth, cefais osgoi hunllef y Big Dipper gan nad oedd Donal yn fodlon ciwio i fynd arno. Roedd yn ysu am fynd, mynd o hyd; cerddai'n fân ac yn fuan o un atyniad i'r nesaf gan fy llusgo ar ei ôl. Do'n i ddim am dynnu'n groes.

Onid oedd pawb normal yn mwynhau noson allan yn y ffair? Onid oedd yn lle delfrydol i dreulio amser gyda'ch cariad? Onid hon oedd yr oed orau a gafwyd erioed? Ac oni fyddai dwsinau o ferched yn dyheu am fod yn *fi*?

Fe wellodd pethau'n arw yn nyfnder tywyll y Ghost Train. Waeth i mi gyfaddef fy mod wrth fy modd. Roedd yr ysbrydion a'r sgerbydau bygythiol mor blastig o bathetig, a'r sgrechiadau a'r ubain mor ffug, roedden ni'n dau'n pisho chwerthin drwy'r amser. Hynny yw, pan nad oedden ni'n snogio. Ac os na wyddoch hynny o brofiad, gallaf eich sicrhau bod snogio mewn Ghost Train yn brofiad hyfryd.

Roedd yr amser yn tynnu 'mlaen. Aethom o'r Ghost Train i'r Hall of Mirrors, a marw chwerthin wrth weld ein hadlewyrchiadau afluniaidd comic. Ond cefais blwc sydyn o iselder pan gyrhaeddais y drych olaf a gweld twlpen fach aflednais o dew yn chwerthin arnaf.

Candi fflos mawr, pinc a sticlyd iawn oedd yr hyfrydwch nesaf. Llyncais gegaid o'r casbeth a gadael y gweddill i Donal a'i llarpiodd mewn hanner munud. Roedd ei gusan gandifflosaidd wedyn yn felys iawn.

Ymlaen â ni, Donal yn arwain, a minnau'n ei ddilyn. Erbyn hyn, gwyddwn ym mêr f'esgyrn beth fyddai uchafbwynt ein noson yn y ffair. Cododd ton o arswyd gwirioneddol drosof. Ond pwy o'n i i ddadlau? Roedd y noson yn ei ddwylo ef yn llwyr . . .

Ymestynnai'r Olwyn Fawr yn fygythiol uwch fy mhen, yn fersiwn fodern, anferth a chyfan gwbl ddydchrynllyd o olwyn arteithio'r Canol Oesoedd. Cofiais ddisgrifiad Richard the Lionheart Druan o farwolaeth erchyll y Santes Catherine. Dychmygwn ei dioddefaint wrth i mi syllu fry ar y seddau amryliw yn ysgwyd yn ysgafn yn yr awel.

—*You'rre surre you want to go on it, Elerri?*

—*Yes! And let's go Dutch.*

Rhoddais ddeuswllt iddo o'm pwrs a gofyn i mi fy hun a o'n i'n gall. Ond cyn i mi gael amser i ateb fy nghwestiwn nac i chwarae mwy o feddyliau, roedden ni'n dau yn ein sedd—un goch, lachar—a'r bar wedi'i gau amdanom. Dringem yn uwch fesul dwylath, bob tro yr ymunai mwy o bobol i eistedd yn y seddi islaw. Roedd yr Olwyn Fawr yn troi'n raddol, a'r ffair yn suddo'n is, is oddi tanom.

Dyma ddechrau'r artaith, ond gwyddwn fod gwaeth, llawer gwaeth, i ddod.

Ar ôl oes hir, siglem fry yn yr entrych. Roedd braich Donal amdanaf, a gwasgwn ei law fel feis.

—*Nerrvous?*

—*A bit . . .*

—*I'll look afterr you . . .*

Syllodd i mewn i'm llygaid ac yna fe'm cusanodd yn ddwfn ac yn hir. Dyna'r gusan ryfeddaf. Doedd neb wedi fy nghusanu fel'na erioed o'r blaen. Prin yw'r rhai a lwyddodd ers hynny.

Tri bachgen a gawsai'r fraint o'm cusanu cyn i Donal fy swyno. Doedd y pedwerydd, fy nghyfyrder Robert Elwyn, ddim yn cyfri. Câi hwnnw fy nghusanu o dan yr uchelwydd ym mhob parti Nadolig Ysgol Sul, ond pechodd yn anfaddeuol a chachodd ar y gambren am ddefnyddio'i dafod. Y tri chusanwr lwcus, yn eu trefn gronolegol gywir oedd Bryn Cunnah, David Hughes a Michael Blythin.

Roedd Bryn, fy nghariad cyntaf, yn yr un dosbarth â mi ac yn bencampwr Tîm Ieuenctid Traws-Gwlad Sir Fflint. Roedden ni ym mlwyddyn 3G pan syrthiodd dros ei ben a'i glustiau mul mewn cariad â mi. Ond roedd yn rhy swil i edrych arnaf heb sôn am wneud unrhyw fŵfs ystyrlon. Syllai'n freuddwydiol arnaf o ben draw'r ystafell ddosbarth, gan anwybyddu'i logarithms neu ei *Palgraves Golden Treasury* neu ei *Enoc Huws*. Cerddai'n wargam yn ôl a blaen ar hyd y coridorau yn trio magu plwc i dorri gair â mi. A methu. Llechai'n obeithiol ym mhob twll a chornel yn y gobaith y byddwn *i* mor garedig â thorri gair ag *ef*. Ond cawn sbort creulon wrth ei anwybyddu. Stwffiai nodiadau bach cariadus yn fy llaw ac yna dianc fel y diawl. Parai hyn oll i Valmai a'r merched eraill giglo'n afreolus, a byddai Bryn yn gwrido at fôn ei *crew cut*, druan bach.

Roedd y nodiadau bach cariadus yn dweud y cyfan. *'Meet me by the* Gampfa *during* Egwyl' neu *'See you in* practis côr *in the* neuadd fach.' Yr un gorau oedd un â *'She walks in beauty like the night . . .XXX'* wedi'i sgrifennu'n gain mewn llythrennau Italic. Wyddwn i ddim am flynyddoedd nad Bryn, ond Byron, oedd piau'r geiriau.

Tosturiais wrtho o'r diwedd, a heb gyfaddef wrth neb, trefnasom oed ddirgel, sef cyfarfod yn betrus wrth y Nant Hall Hotel, a seiclo ar hyd y ffordd gefn rhwng Prestatyn a Gronant. Oed fer eithriadol ydoedd, gan mai dychwelyd llyfrau i lyfrgell y dref oedd yr esgus swyddogol a gafodd Mama a Dada. Roedd gan Bryn well esgus o lawer. Roedd y cloddiau yn drwm gan fwyar, ac roedd wedi addo i'w fam y byddai'n llenwi ei phowlen Pyrex. Buom yn casglu'n ddyfal am ddeng munud gyfan ger gatiau Mynwent Coed Bell, gan lyncu ambell fwyaren bob hyn a hyn. Ond yn sydyn, wrth imi estyn fry am glwstwr aeddfed, gafaelodd Bryn yn fy llaw. Yna, ar ôl gosod y bowlen Pyrex yn ofalus ym môn y clawdd, plannodd fy nghusan-go-iawn gyntaf ar fy ngwefusau. Roedd yn un wleb, drwsgwl a mwyarog iawn. Digwyddodd, darfu, a dim mwy. Diolchodd Bryn yn boléit amdani, ac atebais innau *'You're welcome'*, cyn neidio ar fy meic a seiclo a'm pen yn y cymylau yn ôl i Brestatyn, gan ei adael yntau yn ei berlewyg yn gafael unwaith eto ym mhowlen Pyrex ei fam.

Blinais arno'n sydyn iawn. Syllai'n barhaus arnaf â golwg hiraethlon ar ei wyneb. Dechreuodd ei ffrindiau a'r athrawon dynnu ei goes. Llosgodd ei gychod yn llwyr pan benderfynodd sefyllian am oriau ar gornel yr Avenue y tu allan i'r Mans nes peri i Mama holi 'Pwy yw'r crwt bach 'na sy'n sownd wrth y postyn lamp?'

Meddyliwch o ddifri. Gallwn erbyn hyn fod yn wraig i ddirprwy reolwr y trotian ceffylau.

Llosgi'i gychod wnaeth David Hughes hefyd, sef fy nghymar adeg y tro trwstan yn y twyni tywod gyda Valmai ac Alan Maddox.

Ar ôl meddwi yn y Lido un nos Sadwrn, ymddangosodd y

gwalch ar riniog y Mans gyda Charlie Peters, ei ffrind o Rhyl Grammar. Mae'n debyg iddo ofyn yn ddigon poléit am gael fy ngweld. Ond pan wrthododd Dada ei gais a chau'r drws arno mewn panic, dechreuodd weiddi *'I love you, Eleri'* a *'You're my Sandie Shaw'*, a pheltio'r cregyn bach gwyn yr oedd Mama wedi eu gosod mor ofalus o gwmpas y potiau blodau i fyny at fy ffenest. Aeth pethau dros ben llestri'n llwyr pan ddechreuodd y ddau ganu *'For there is always something there to remind me . . .'*

Ond Dada a orfu'r noson honno fel erioed, diolch i'w ddawn resymu a'i brofiad helaeth yn y Weinidogaeth. Pan fentrais bipo drwy'r llenni wedi i bethau dawelu rhywfaint, beth welwn ond dau foi bach meddw iawn yn pwyso ar ei gilydd yr holl ffordd i lawr yr Avenue ac yn canu ei hochr hi.

'I was bo-orn to love you, And I will ne-ever be free . . .'

Roedden nhw'n dal i ganu wrth ddiflannu rownd y cornel i Ffordd Gronant.

'You'll always be a part of me, owowowoooo . . .'

A dyna'r amen ar ein carwriaeth. Ond cofiaf gusanau brwd David Hughes o hyd—yn enwedig y rheiny a fu rhyngom ar sedd gefn y bws ar y ffordd yn ôl o ddringo'r Cnicht, pan oedd ein dillad a'n nwydau'n stemio, a phan floeddiodd Tarzan mor ddigywilydd arnon ni,

—Hei! David Hughes ac Eleri Williams yn y sedd gefn! Dowch i fyny am aer!

Roedd *e'*n un da i siarad!

Y trydydd cusanwr, a'r diweddara, oedd Michael Blythin, ffrind gorau Geraint Roberts, a dramgwyddodd Valmai ar y Gop. Doedd crefft cusanu Michael fawr o gop, ond roedd ganddo yntau, fel ei gyfaill, ddwylo crwydrol. Yn ystod y ffilm *Marnie* y llosgodd Michael ei gychod, pan grwydrasant yn llawer rhy bell. Fe'i gadewais yn y sinema i edrych ar awr ola'r ffilm ar ei ben ei hun. Dyna pam na ddeallais i byth beth oedd pwynt yr holl stori nac arwyddocâd y lliw coch i'r arwres.

Yn ôl ar sedd sigledig fry yr Olwyn Fawr, roedd cusan Donal yn gampwaith o dynerwch. Os na chawsoch brofiad o'r fath deimlad dwys, y fath wefr gorfforol ac eneidiol—*tough titty*, chwedl Valmai. Tasg amhosib yw eu cyfleu ar bapur oer . . .

Rhwng y gusan, ysgwyd peryglus y sedd a phellter y ddaear oddi tanom, teimlwn yn benysgafn iawn. Drwy gil fy llygaid— roedd gormod o ofn arnaf i'w hagor yn llawn—gallwn weld dros simneiau'r tai fel petawn mewn hofrenydd.

Ymhell oddi tanaf disgleiriai'r môr yn yr haul hwyr. Gwelwn draw dros y dre i gyfeiriad y Ffrith a Phrestatyn i'r dwyrain a Gallt Melyd, Dyserth a Rhuddlan ymhellach i'r de; a dim ond i mi droi fy mhen, gwelwn dros bont y Foryd i gyfeiriad Tywyn ac Abergele i'r gorllewin.

Machludai'r haul yn waedlyd dros Forfa Rhuddlan a Bryniau Clwyd yn y pellter. Roedd fy meddwl innau'n bell wrth eistedd yno'n edmygu'r olygfa, fy mhen yng nghesail Donal, fy llaw yn ei law, fy nghalon yn ei boced.

Ond dyma oedd y freuddwyd cyn yr hunllef.

Bum munud yn ddiweddarach, ar ôl dioddef artaith Olwyn y Fall, y troi a'r troi a'r troi drachefn a thrachefn a thrachefn nes bod pawb a phopeth yn troi a throi a throi drachefn, roedd fy llygaid, fy mhen, fy mherfedd, ac ambell ran arall o'm hanatomi yn troi a throi a throi drachefn yn un gybolfa fawr.

Pan ddychwelais o'r hunllef a rhoi fy nhraed unwaith eto ar ddaear Cymru fach, fe'i teimlais yn gwegian oddi tanaf. Clywn chwerthin ac udo ac ubain o'm hamgylch, a sgrechiadau yn fy mhen. Gwelwn fygydau arswydus yn chwyrlïo o flaen fy llygaid. Roedd fy mherfedd fel jeli ac roedd fy Nonal yn dweud rhywbeth . . .

— . . . *you'rre rratherr grreen arround the gills!*

Doedd dim taten o ots 'da fi pa liw o'n i. Yr unig beth hollol dyngedfennol oedd fy mod yn llwyddo i beidio â chwydu'r popcorn a'r candi fflos, neu o leiaf yn eu chwydu mewn preifatrwydd.

Ceisiais gael trefn ar y gybolfa. Ond roedd hynny'n anodd gan fod daeargryn gradd wyth ar Raddfa Richter o dan fy nhraed, a niwl trwchus yn cau amdanaf. Roedd ffurfiau a lleisiau a synau rhyfedd yn treiddio drwyddo bob hyn a hyn.

Ond roedden nhw'n dod ac yn mynd, yn mynd ac yn dod, i mewn ac allan, allan ac i mewn. Do'n i ddim yn siŵr p'un ai'n mynd neu'n dod o'n i. Y cyfan a wyddwn oedd fy mod yn cerdded law yn llaw â Donal dros dir sigledig a thrwy niwl chwydlyd, heb gyrraedd unman.

Chwydlyd . . . Chwydu . . . Chwyd . . .

Ro'n i ar fin chwydu. Dyna oedd yn bod. Roedd y ddaeargryn o dan fy nhraed a'r niwl a lenwai fy ffroenau a'm llygaid yn gwneud i mi eisiau chwydu. Roedd yn rhaid imi chwydu yn rhywle, a hynny ar fyrder. Ond ymhle?

Daeth gwaredigaeth ar ffurf arwydd yr Ocean Beach. Gwyddwn fod yno doilet—wrth gwrs bod yno doilet! Sylweddolwn fod rhaid i mi ei gyrraedd ar frys. Rhedais . . . Cyrhaeddais . . . Wel, bron iawn . . .

Glaniodd mwyafrif y popcorn yn y pan, yn gymysg â dafnau mân o gandi fflos. Glaniodd rhai ar y sêt ac ambell un ar lawr, yn gymysg â siocled hufennog. Cliriais y stecs mwyaf â phapur toiled, gan ddiolch mai popcorn a chandi fflos a Mars Bar oedd yr unig bethau imi eu llyncu ers y bore.

Eisteddais a chael carthiad anferthol. Ymbalfalais yn fy mag am fy mag-ymolch blodeuog, ond doedd dim sôn amdano. *Shit!* Dim Lillettes! Ymbalfalais eto, a dod o hyd i un Lillette bach pathetig iawn yng nghanol beiros, hancesi papur, mêc-yp, nicers brwnt mewn bag plastig, anti-pong, dyddiadur, Dentadyne, pecyn o sigaréts a bocs o fatsys. Yn fy ngwendid, gwnes adduned yn y fan a'r lle i gael clirians iawn cyn i Mama gael sioc farwol.

O'r diwedd tynnais y tshaen a stwffio fy mhen o dan y tap dŵr oer. Roedd drychiolaeth ofnadwy yn fy wynebu yn y drych uwchben y sinc. Roedd ganddi wyneb gwelw, dau lygad mawr dyfrllyd a thrwyn yn diferu. Ar flaen y trwyn roedd ploryn mawr ffyrnig. Ac roedd godrau ei gwallt a choler ei blows yn wlyb . . .

Ddeng munud yn ddiweddarch, brasgamais allan drwy ddrysau'r Ocean Beach fel petai dim galanastra wedi digwydd. Roedd Dentadyne newydd yn fy ngheg, trwch arall o'r Bronze

93

ar fy wyneb, lliw glas a mascara ar fy llygaid, a Baby Doll Pink ar fy ngwefusau. Ro'n i'n barod i wynebu'r byd.

A Donal.

Doedd dim sôn am Donal. Ro'n i wedi ei adael yn ddiseremoni ar y pafin, ond doedd dim golwg ohono nawr. Cerddais yn ôl ac ymlaen gan deimlo'r panig yn cynyddu.

Damia Donal!

Os nad oedd yn fodlon aros amdanaf am chwarter awr—os chwarter awr hefyd! Os oedd y bwbach wedi fy ngadael yn fy salwch heb air o eglurhad, heb sôn am ymddiheuriad . . .

—Yourre still alive an' kickin', then!

Safai ar risiau'r Ocean Beach, peint hanner llawn yn un llaw a sigarét yn y llall.

—I was thirrsty. Would you like a sip?

Teflais y Dentadyne a drachtio'n hir o'i beint, gan ryfeddu fy mod yn rhannu ei wydr. Roedd hi'n weithred debyg i gymundeb . . .

Syllai arnaf a'i lygaid gleision yn pefrio.

—Hey, leave some forr me, you little boozerr!

Bachodd yn ei beint, ond cyn iddo gael cyfle i yfed diferyn, clymais fy mreichiau am ei wddf a'i gofleidio a'i gusanu. Oherwydd y peint a'r sigarét doedd dim modd iddo ymateb â'i ddwylo a'i freichiau. Fe'u daliai ar led mewn ystum o ddiymadferthedd llwyr.

Ond ymatebodd i'r eithaf â'i wefusau . . . O do . . .

Gwasgais yn ei erbyn â'm holl egni a'm holl nerth, gan roi popeth yn y gusan, pob gronyn o emosiwn, pob owns o rywioldeb.

Yn sydyn, tynnodd yn ôl ac edrych i fyw fy llygaid.

—Let's get away to somewherre quiet.

Gosododd weddill ei beint ar fwrdd cyfagos a'm harwain ar draws y ffordd i gyfeiriad y Marine Lake. Cofiaf fy mod i erbyn hyn yn crynu . . .

Un cwch oedd ar y llyn. Roedd Teulu Bach Dedwydd yn cael sbort aruthrol wrth fynd rownd a rownd mewn cylchoedd. Yn ôl yr arwydd ar y lanfa byddai'r lle'n cau am y nos ymhen llai nag awr. Ond doedd hynny ddim yn poeni Donal. Talodd am y tocyn, neidiodd i mewn i'r cwch agosaf, a datod y rhaff. Roedd hi'n amlwg o'r ffordd y gwthiodd y cwch o'r lan â'i rwyf, a rhwyfo'n gryf i gyfeiriad yr ynys, ei fod yn hen law ar y busnes. Eglurodd ei fod ef a'i frodyr yn pysgota-môr ddwywaith y dydd ger Gortahork. Rhwng y lanfa a'r ynys fe ddysgais mai ef oedd y cyw melyn olaf o saith o blant, a'r unig un i ddangos dyhead i ddilyn ôl traed ei dad a mynd yn feddyg. Bwriadai fynd i'r coleg yn Nulyn yn mis Hydref.

—*You everr been to Dublin, Elerri?*

—*No, never.*

—*Smashin' city. Come overr to celebrrate the Easterr Rrisin'. We'll show you bloody English a thing or two.*

—*I'm not English.*

—*Bloody Brritish, then. You'rre all the same. You werre all the same to Padrraic Pearrse an' Connolly, an' you'rre all the bloody same today.*

Ro'n i am egluro wrtho 'mod i'n Gymraes i'r carn, yn Genedlaetholwraig Bybyr, yn ferch i Genedlaetholwyr Pybyr ac yn aelod o Gymdeithas yr Iaith Gymraeg ac Adran Ieuenctid Plaid Cymru. Ro'n i am iddo wybod fod Dada wedi sefyll fel ymgeisydd Plaid Cymru unwaith, ac wedi cael pum cant o bleidleisiau, a hynny yn Sir Frycheiniog o bob twll tin byd. Ro'n i am ddweud 'mod i'n ffàn i Dafydd Iwan, a bod llun Tri Penyberth a phoster 'Gwnewch Bopeth yn Gymraeg' ar wal fy llofft. Ond do'n i ddim yn siŵr a fyddai ganddo ddiddordeb yn y pethau hyn. A beth bynnag, fe gollais y cyfle gan ein bod ni wedi cyrraedd yr ynys, ac roedd Donal yn brysur yn clymu'r cwch yn sownd wrth bostyn.

Edrychais o'm cwmpas yn llawn boddhad. Roedd hi'n dawel yma, a halibalŵ'r ffair yn ddim ond adlais yn y pellter. Sibrwd synhwyrus y dŵr, gwichian yr hen gwch ac adlais y Teulu Bach Dedwydd ym mhen draw'r llyn oedd yr unig synau i dorri ar draws fy heddwch. Dechreuai nosi'n araf bach ac roedd sawr hyfryd yn yr awel . . .

Pan drodd Donal yn ôl ataf roedd golwg ryfedd yn ei lygaid.

95

Estynnodd ei law a'm helpu i gamu o'r cwch i'r lan. Yna, heb yngan gair na gollwng gafael o'm llaw, eisteddodd ar ddarn o borfa gan fy nhynnu i lawr wrth ei ochor. Heb ragymadroddi dim, dechreuodd fy nghusanu'n wyllt, gan gribo'i ddwylo drwy fy ngwallt a byseddu fy moch yn ysgafn. Roedd yn deimlad hyfryd, a saethodd yr hen binnau bach cyfarwydd drosof a thrwof, fel arfer.

Cusanodd fy mochau, fy nghlustiau, fy nhalcen. Cododd fy ngwallt a chusanu fy ngwegil. Teimlwn ei wefusau a'i dafod yn ysgafn chwareus. Caeais fy llygaid ac ymollwng yn braf. Dechreuodd gusanu fy ngwddf, yn ysgafn fel iâr fach yr haf, yn hofran a glanio, hofran a glanio drachefn. Yna dyfnhaodd ei gusan. A'm llygaid ynghau o hyd, codais fy mhen ac ymestyn fy ngwddf iddo'n groesawgar. Erbyn hyn gallwn deimlo'i ddannedd yn ogystal â'i wefusau a'i dafod yn chwilota'n ddyfal dros y mannau synhwyrus o dan fy nghlustiau.

Yn sydyn teimlais frathiad—brathiad hyfryd, anghyfrifol . . .

—*I love you, Elerri.*

—*I love you, Donal.*

Cyffyrddodd yn fy mron chwith a'i byseddu, yn ysgafn ac yn gynnil i ddechrau, cyn i'r byseddu droi'n wasgu. Agorodd fotymau fy mlows a chwpanu fy mron chwith ac yna'r un dde, cyn dychwelyd at y chwith. Llithrodd ei fysedd y tu mewn i 'mra. Roedd hyn hefyd yn deimlad hyfryd, ac mae'n siŵr fy mod yn ochneidio fy nghymeradwyaeth, yn ôl cyfarwyddiadau Roxy ac ambell gylchgrawn arall a ddarllenwn ar y pryd. Roedd yntau hefyd, erbyn hyn, yn tuchan ei hochor hi.

Tynnodd y flows i lawr dros f'ysgwyddau, ac yna estynnodd y tu cefn i mi ac agor fy mra. Dyma'r tro cyntaf i neb wneud hyn i mi a theimlais gryndod o bleser. Ond roedd mwy i ddod. Y peth nesaf a deimlwn oedd ei wefusau'n cusanu—nage, yn sugno—fy nheth chwith. Do'n i ddim tan yr eiliad honno wedi profi'r fath bleser rhywiol cwbl ysgytwol. Trodd ei sylw a'i wefusau at fy mron dde. Erbyn hyn roedd hi'n anodd rheoli'r ebychiadau. Roedd hi'n anodd ffrwyno fy nwyd.

Cododd ei ben a'm cusanu unwaith eto ar fy ngheg. Roedd ei

law erbyn hyn ar fy mhen-glin. Yn raddol fach, bron heb i mi sylwi, yn union fel cath sy'n benderfynol o dwrio o dan ddillad y gwely heb dynnu sylw ei pherchennog, dringodd ei law yn uwch, uwch o hyd o dan fy sgert. Roedd ei fysedd yn ysgafn rhwng fy nghluniau. Yswn am iddo fynd ymhellach ac yn uwch. Ac fe aeth . . .

Cyrhaeddodd ei law fy nicers. Mwythodd fy mol yn ysgafn drwy'r cotwm tenau. Roedd ei wefusau ar fy ngheg a'i law ar fy mol yn gocteil peryglus. Ond roedd popeth o dan reolaeth hyd yn hyn. Dringodd ei law eto nes cyrraedd y lastig o gwmpas fy nghanol. Gwthiodd ei fysedd oddi tano, ac yna dechreuodd dynnu'r nicers i lawr gan bwyll bach, fodfedd ar y tro. Dyma pryd y clywais glychau'n seinio yn fy mhen. Gafaelais yn ei law fel na allai wneud dim â hi. Deallodd y neges, ac heb dynnu ei geg o'm ceg, ochneidiodd ei rwystredigaeth. Ond bodlonodd ar gusanu a dim arall am funud gyfan.

Yna tynnodd yn rhydd oddi wrthyf a rhyddhau ei law gaeth. Edrychodd i fyw fy llygaid a gwenu.

—*Trrust me, Elerri* . . .

Gwenais yn ôl arno. Gafaelodd yn f'ysgwyddau a dechrau fy ngwthio i lawr yn ofalus nes fy mod yn gorwedd ar fy nghefn ar y borfa. Roedd yn gorwedd yn f'ymyl, un goes dros fy nghoesau, ei wefusau yn ôl ar fy rhai i a'i law yn ôl rhwng fy nghluniau. Gwyddwn beth oedd ei gêm. Ro'n i'n gaeth oddi tano—ac ro'n i'n garcharor bodlon iawn.

Rhwbiodd ei fys canol yn ysgafn dros y croen ar dop fy nghoes chwith. Rownd a rownd, gan bwyll bach . . . Rownd a rownd, a rownd eto . . . Ac wrth gylchu, dringai'n uwch fesul chwarter modfedd . . . Rownd a rownd, yn uwch ac yn uwch . . . Nes cyrraedd godrau'r nicers . . . Rownd a rownd, yn uwch eto, o dan y lastig, y tu mewn i'r nicers, i ganol y blew . . .

—*No!*

Tynnodd ei law yn ôl ac edrych arnaf yn syn.

—*No, Donal!*

—*But why, Elerri? We both like it verry much. And I thought . . . Well back therre by the Ocean Beach, I thought . . .*

Doedd dim problem wrth yr Ocean Beach.

—*Tell me why, Elerri* . . .

Sut oedd dechrau egluro 'pam' wrth lanc o ddieithryn deniadol a ffansïwn fel y diawl? Fyddai ganddo ddim diddordeb yn neddf anysgrifenedig y Plimsoll Line a'r Panty Girdle, nac yn y safonau moesol a drosglwyddwyd mor ddefodol i mi gan Mama a Dada a'u cyndeidiau hwythau.

A doedd gen i ddim bwriad yn y byd egluro am broblem fawr y Lillette . . .

Wrth inni gerdded law yn llaw yn ôl ar hyd y Prom, heb dorri gair, roedd y gwyll yn cau amdanom. Roedd naws oerach yn yr awel, ac roedd y rhin hudolus wedi hen ddiflannu.

Gwisgai'r Prom ei wedd hwyrol, sinistr. Ildiasai'r popcorn a'r candi fflos i'r cwrw a'r cnawd. Bywyd isfyd y nos a'n hamgylchynai. Deddf ddidostur y jyngl a reolai tan y wawr.

Roedd bar y Palace o dan ei sang. Llifai sŵn chwerthin a thincial gwydrau a churiadau gitarau bas drwy'r ffenestri agored. Eisteddai criw swnllyd ar y grisiau ac ar y wal isel dros y ffordd. Mods lleol oedden nhw gan mwyaf, mor bert ac amryliw â'u scwters bach a'u bathodynnau *Ban the Bomb* a *Make Love Not War.* Cyfarchodd Donal un neu ddau wrth fynd heibio. Adwaenwn innau un neu ddau o griw'r chweched. Wrth gwrs! Roedden nhw'n dathlu canlyniadau'r Lefel 'A'. Brysiais heibio iddyn nhw, gan obeithio nad oedd Richard wedi ymuno â nhw wedi'r cyfan.

Rockers mawr hirwallt mewn dillad lledr du oedd y tu allan i'r Haven, yn llechu'n warchodol ymosodol ger eu motor beics. Beth bynnag yr oedden nhw wrthi mor ddyfal freuddwydiol yn ei smocio, roedd yn drewi i'r cymylau. Fe groeson ni'r ffordd er mwyn eu hosgoi.

Pan awgrymodd Donal y gallem fynd i lawr y grisiau cerrig am y traeth a cherdded ar hyd y tywod, gwrthodais yn bendant. Doedd dim pwynt. Dim ond cariadon oedd yn gwneud hynny. A bellach, doedd Donal a minnau ddim yn gariadon. Diflanasai breuddwyd ddoe, y syllu dros y môr a'r cusanu yng ngolau'r machlud. Diflanasai'n sydyn ac yn llwyr, yn union fel yr haul. Fe'i llarpiwyd gan ddaeargryn . . .

Clywais rwndi cyffrous y Black Cat yn agosáu, a fflachiai ei oleuadau seicadelic i rythm curiadau trwm y gerddoriaeth a fyrlymai ohono. Roedd y Carlton y drws nesaf yn dawel ac yn dywyll, ac roedd y peiriant hufen iâ dan glo.

Richard, druan. Dim 'the Lionheart Druan', dim ond 'druan'. Doedd gen i ddim hawl galw'r fath ŵr bonheddig wrth ei lysenw dirmygus byth eto. Syllais ar ei stondin, a dychmygu'n cyfarfyddiad anochel drannoeth.

Roedd rhywbeth yn rhyfedd ynglŷn â'i stondin. Na—roedd ei stondin yn iawn. Y golau oedd yn rhyfedd. Roedd golau ar y stondin. Na—roedd golau o *dan* y stondin. Roedd golau yn y Stafell Ddirgel. Hwnnw oedd yn treiddio drwy'r reilings ac yn goleuo'r stondin. Ond erbyn i mi graffu i lawr at y ffenest, roedd y golau wedi diffodd.

—*Anything wrrong, Elerri?*

—*No, nothing . . .*

—*Shall I come with you to the bus station?*

Cymerais yn ganiatâol mai ystyr hynny oedd y byddai'n well ganddo beidio â dod gyda mi i'r *bus station*. Byddai'n well ganddo fy ngweld yn diflannu gynted â phosib er mwyn iddo yntau gael ymuno â'i gymrodyr yn y Black Cat, mynd am Hot Dog neu bryd Chinese, a pheint bach yn y Palace. Câi gyfle i sôn amdanaf, ac i chwerthin am ben y groten fach ddiniwed, yr wyryf a gafodd bwl o ofn a chydwybod euog ar y funud olaf. Câi gyfle i chwilio am rywun arall . . .

—*No thanks. I'll go on my own . . .*

Byddai'r bws yn cychwyn ymhen pum munud. Dringais i'r llawr uchaf a oedd yn hollol wag, ac eistedd reit yn y blaen. Syllais drwy'r ffenest ar y diflastod pur a elwid yn Rhyl Bus Station.

Roedd hi'n rhy gynnar i fod yn fwrlwm o brysurdeb. Doedd y meddwyns a'r cariadon ddim wedi cyrraedd eto. Roedd ambell dramp gobeithioi wedi dechrau archwilio'r biniau sbwriel;

disgwyliai ambell gwpwl parchus yn amyneddgar wrth stondin bapur-newydd Isaac; roedd twr o blant swnllyd yn heidio am y bws i Gaer. Ond go dawel oedd hi am hanner awr wedi naw y nos.

Câi Mama a Dada syndod bach pleserus pan gyrhaeddwn yn ôl hanner awr yn gynnar. Beth yn union fyddai fy eglurhad? Gwyddwn y byddai'n llawn celwyddau . . .

Gwelwn adlewyrchiad fy wyneb yn y ffenest. Gwenais wên gelwyddog arnaf fi fy hun. Roedd hi'n wên mor gelwyddog, roedd hi bron iawn yn angylaidd.

Yn sydyn, gwelais farc ar fy ngwddw, o dan fy nghlust dde. Codais fy llaw ato'n reddfol a gwingo. Yna twriais yn nyfnderoedd fy mag a chael gafael mewn drych. Oedd, roedd yno farc, marc y brathiad hyfryd. Roedd yn amlwg ac yn goch iawn, ac roedd arno olion dannedd . . .

Shit!

Twriais eto, a chael gafael yn yr Erase. Fe'i rhwbiais yn galed dros y marc fel y byddai Mam-gu'n rhwbio blacled i mewn i'r grât. Yna codais goler fy mlows a syllu ar fy llun yn y ffenest unwaith eto.

Pwy o'n i'n obeithio ei dwyllo?

Yn sydyn, gwelais gip o sbectol gron, o siaced frethyn frown a thei ddeiliog werdd, yn cerdded ling-di-long tuag at stondin Isaac, yn prynu papur, yn talu amdano, ac yna'n diflannu'r un mor sydyn ag yr ymddangosodd.

Codais ar fy nhraed a rhuthro at y grisiau. Ro'n i hanner ffordd i lawr pan sylweddolais nad oedd dim pwynt. Welwn i byth mohono—byddai wedi diflannu i Duw a wyddai ble. Yr hen Richard, annwyl, druan . . .

Doedd Dada ddim wedi cyrraedd adre o'i gyfarfod blaenoriaid. Roedd Mama'n gweu o flaen y teledu. Gwenodd yn foddhaus arnaf.

—Wyt ti adre'n gynnar. Da iawn ti.

Ie, da iawn fi.

—Gest ti amser neis?

—Grêt.

—Wel gwed wrtha i am y Richard bach 'ma. Shwt un yw e? Ble fuoch chi? Beth fuoch chi'n 'neud? Eleri, pam wyt ti'n cuddio'r tu ôl i'r drws 'na?

—Ma'n rhaid i fi fynd i'r toiled . . .

Rhedais i fyny'r grisiau i chwilio am fy siwmper *polo-neck*. Wrth agor drws fy llofft teimlwn waed yn llifo rhwng fy nghoesau.

Shit!

Pan gyrhaeddais y caffi drannoeth—yn fy siwmper *polo-neck*—roedd y lle mewn stad o argyfwng ac yn bandemoniwm llwyr.

Roedd Valmai wedi cael y sac ers neithiwr, roedd Richard wedi ffonio i ddweud y byddai'n hwyr yn cyrraedd, a doedd dim sôn am Reenee.

Roedd y General a'r Wrach yn ulw gynddeiriog o flin, a Valmai—pwy arall?—oedd wrth wraidd eu dicllonedd. Roedden nhw wedi bod ar eu traed drwy'r nos, yn methu â chysgu winc, cymaint oedd y sioc i'w system.

I dorri stori hir iawn yn un fer—a'u fersiwn nhw ohoni oedd hon, wrth gwrs—roedd y Wrach wedi noswylio tua naw o'r gloch yn ôl ei harfer, ac, yn ôl ei harfer, wedi codi awr yn ddiweddarach i fynd i'w thoiled. Dechreuodd Flash sgyrnygu wrth ddrws y Stafell Ddirgel, ac aeth 'i weld beth oedd yn mynd ymlaen, ynte, Eleri?' Ofnai ladron neu ddihirod—ysbrydion hyd yn oed. Cafodd bod y drws ynghlo, a hynny o'r tu mewn.

O, Valmai fach, beth nesa?

Y peth nesa oedd i'r Wrach alw ar deGaulle a oedd yn gwrando ar recordiau David Lloyd. Aeth yntau i glustfeinio wrth y drws a chlywed siffrwd rhyfedd. Doedd dim amdani ond cnocio'n llawn awdurdod a bygwth galw ar yr heddlu. Roedd hi'n amlwg fod pwy bynnag oedd y tu mewn yn ceisio dianc drwy'r ffenest. Ond roedd yr hen gadfridog dewr yn rhy sydyn iddyn nhw. Rhuthrodd i fyny'r Grisiau Serth i'r caffi ac allan drwy'r drws i'r Prom, a chanfod dau ddihiryn wrthi'n dringo dros y reilings.

Valmai, wyt ti wedi'i gneud hi'r tro 'ma . . .

—Yr hogyn Irish yne oedd efo hi. O'r Black Cat—be 'dy 'i enw fo?

—Mickey, Mister Charles.

—Hwnnw. Hen hogyn slei ydi o, Eleri.

—Ac mae hithe'n hogan slei, yn hogan slei iawn—crawciodd y Wrach yn ei digofaint.

—Deudwch i mi, Eleri, be'n union oedden nhw'n 'i neud? I mewn yn y rŵm yne?

102

—Dim syniad, Mister Charles!

Ond roedd ganddo, fel finnau, syniad go lew. Rhywbeth 'Arafa Donaidd', tebyg i'r hyn a wnâi yntau ac Eunice yn y *bedsit*. A rhywbeth yn debyg i'r hyn a wnaeth Donal a minnau cyn i mi roi'r brêcs ar bethau.

Wel, dyna egluro'r golau a welais yn diffodd mor rhyfedd yn y Stafell Ddirgel. Roedd hi'n amlwg mai o drwch blewyn y collais weld a chlywed yr annibendod mawr. Sut y byddwn wedi ymateb petawn wedi digwydd mynd heibio ar y pryd, pan oedd Valmai a Mickey'n hongian dros y reilings, deGaulle yn bytheirio arnyn nhw, y Wrach yn crawcian a Flash yn cyfarth o'r Gegin Ddu? Mae'n siŵr fod yna gynulleidfa wrth ei bodd wedi bod yn gwylio'r cyfan. Ac mae'n siŵr y byddwn innau wedi mwynhau bod yn rhan o'r sbort. O byddwn. Dyna ddysgu gwers i Valmai Roberts. Rhyngddi hi a'i chawl. Unwaith eto roedd hi wedi dewis anwybyddu ei ffrind gorau. Os nad o'n i'n ddigon da i gael fy nghynnwys yn ei chynlluniau a'i chynllwynion bach dan din, rhyngddi hi a'i chawl a thwll 'i thin hi . . .

Cofiais yn sydyn am y bolltiau ar ddrws y Stafell Ddirgel. Wrth gwrs! Dyna'r strocen fwyaf, yr hufen ar y gacen, y geiriosen ar ben un o Knickerbocker Glories y Wrach. Y cynllun ffŵlprŵff i sicrhau ei bod hi a Mickey'n saff o gyfeiriad y Gegin Ddu. Dim ond iddi ofalu gadael y ffenest ar agor cyn gadael y Carlton, a gofalu na fyddwn i'n sylwi . . .

A *do'n* i ddim wedi sylwi, gan mor brysur o'n i gyda fy nghynlluniau bach, fy nghynllwynion bach twyllodrus a phathetig i fy hun.

Pesychodd y Wrach nes ei bod yn ei chwrcwd.

—O, Esmor Bach, dwi'n sâl! Yr hen gnafon drwg yne . . .

Gafaelodd deGaulle ynddi'n dyner a'i gosod yn ei hôl yn ei chadair.

—Peidiwch ag ypsetio, Mam Cariad. Gyda llaw, Eleri, wyddech *chi* am y bolltie newydd ar y drws?

—Bolltie? Pa folltie, Mister Charles?

Gwyddwn fod fy ngwên gelwyddog yn angylaidd.

Cyrhaeddodd Richard heb i neb sylwi arno. Roedd wrthi'n llwytho'i beiriant hufen iâ pan osodais ei the a'i thost ar y bwrdd o flaen May.

—A lle mae Valmai heddiw, Eleri?

—Dyw hi ddim i mewn.

—Ddim i mewn? Pam?

—Mae hi'n sâl.

—Yn sâl! Wel! Wel!

Slyrpiodd ei the a thaflu crystyn o dan y bwrdd i Bob. Gwelais innau fy nghyfle i fynd i gael gair â Richard, gan sôn ar unwaith am y sgandal am Valmai. Gobeithiwn osgoi gorfod trafod fy nhro anfaddeuol ag ef—ac osgoi dweud mwy o gelwyddau.

Doedd dim angen i mi boeni. Soniodd Richard yr un gair am ein hoed seithug. Ond roedd yn llawn diddordeb am helynt Valmai.

—Mae hi'n ges a hanner, tydy?

Gallwn feddwl am enwau llawer mwy addas i'w galw. Winciodd Richard a gwenu mor llydan â chlown.

—Ond mae hi gyn broblem y tro hwn. Cachu stecs go iawn!

Chwarddodd yn uchel. Chwarddais innau. Sylweddolais nad o'n i wedi chwerthin yn iawn ers dyddiau, a chwarddais eto.

—Dwi'n falch 'mod i'n medru gwneud i ti chwerthin, Eleri.

Gwenais arno. Roedden ni'n deall ein gilydd yn iawn . . .

Reenee oedd y nesaf i ymddangos. Roedd wedi penderfynu anghofio digwyddiadau anffodus y dyddiau diwethaf ac eisteddai'n Stoïcaidd yn y Gegin Ddu gyda deGaulle a'r Wrach. Roedd hi'n amlwg pwy oedd testun eu sgwrs ddifrifol. Ond o'r edrychiad a daflai Reenee tuag ataf bob tro yr awn yn agos ati, ro'n innau hefyd yn cael fy mhardduo â'r un brwsh tar â Valmai.

Ar eiliad wan, ystyriais ffonio Valmai er mwyn cael ei fersiwn hi o'r hanes. Ond ailystyriais yn sydyn iawn. Fe gâi hi gysylltu â mi.

Ond jawch, roedd hi'n rhyfedd hebddi. Tua chanol y bore sleifiais i mewn i'r Stafell Ddirgel i gael eiliad o lonyddwch rhag yr holl helynt. Roedd ein dillad ni'n dwy blith draphlith ar hyd y lle. Roedd ein powdrach a'n poteli persawr ar y silff-ben-tân. Roedd oferôl Valmai yn swp ar lawr. Fe'i codais a'i gosod ar y soffa.

Dechreuais chwarae meddyliau. Pa mor bell yr aethon nhw ar y soffa 'ma, hi a Mickey, cyn cael eu dal? Ymhell y tu hwnt i'r Llinell Blimsoll, mae'n siŵr . . .

A phwy oedd wedi arwain pwy? Gallwn glywed Valmai'n canu clodydd y Stafell Ddirgel gyfleus, ac yn cytuno ag ef fod y cyfle'n rhy dda i'w golli. Gallwn glywed Mickey'n ei hannog.

—*Come on, me darlin' Val! Let's do it, girl!*

Valmai eiddgar, ddifeddwl, yn ysu am groesi ffin y Plimsoll a'r Panty Girdle. Ai neithiwr oedd ei noson fawr? Er nad oedd hi 'mond prin yn nabod Mickey? A oedd hi'n haws croesi ffiniau mor gyffrous gyda rhywun nad oeddech ond prin yn ei nabod?

Syllwn drwy'r ffenest wrth synfyfyrio ac athronyddu fel hyn. Roedd bollt newydd arni, ddwywaith maint y rhai a ososdod Valmai mor llechwraidd ar y drws. Drwy'r llwch gwelwn y wal a'r reilings; gwelwn sgidiau brown, henffasiwn Richard a llodrau ei drowsus llwyd. Wrth eu hymyl roedd pâr o sgidiau duon henffasiwn o dan odrau trowsus du. Wrth eu hymyl hwythau roedd pâr o sgidiau bach nefi-blŵ henffasiwn yn sownd wrth bâr o goesau pwt mewn sanau neilon golau . . . Craffais ar y coesau . . . Craffais ar y sgert jersi nefi-blŵ . . .

—Mama! Dada!

—Eleri, cariad . . .

Roedden nhw wrthi'n brysur yn llyfu eu cornets. Diferai un Dada i lawr dros ei ên; llwyddai Mama, fel gyda popeth arall, i wneud jobyn twt iawn o'i chornet hi.

—Digwydd pasio o'n ni.

—'I gweld hi'n braf i ddod am dro ar hyd y Prom.

—A chan fod Myfanwy yn ffansïo hufen iâ . . .

Dau beth na fedrai'r un o'r ddau mo'u gwneud oedd actio a dweud celwydd.

—Mae e'n hufen iâ rhagorol, Richard . . .

—A gyda llaw, mae Arthur a finne isie diolch i chi dros Eleri . . .

—Mama, plîs . . .

— . . . am ofalu ei bod hi'n dal y bws mor gynnar neithiwr. Bws deg fydd hi'n ei ddal fel arfer.

Gydol y sgwrs ddienaid hon, gwenai Richard arnaf. Teimlwn innau'n chwys oer ac ar dân bob yn ail, ac nid ar y *polo-neck* na gwres llethol yr haul yr oedd y bai. Ond daeth terfyn ar yr hufen iâ a'r embaras.

—Diolch eto, Richard . . .

—Mae'n rhaid i chi ddod draw i de cyn hir.

—Hwyl iti, Eleri fach.

—Pam wyt ti'n gwisgo'r hen *bolo-neck* 'na ar ddiwrnod mor braf?

Gwenodd Richard eto. Ond roedd ei lygaid, drwy ei sbectol drwchus, yn awgrymu llawer mwy na'i wên . . .

Prysurodd y diwrnod, a thwymo. Tynnais y *polo-neck* a gwisgo blows gotwm yn ei lle. Ond roedd yr oferôl yn dal yn boen. Ro'n i hefyd yn gwisgo sgarff sidan felen—un yr oedd Valmai wedi ei lluchio'n ddi-hid ar lawr y Stafell Ddirgel—er mwyn cuddio marc y brathiad hyfryd.

Ro'n i'n gorfod gwneud gwaith Valmai a chyfran helaeth o waith Reenee, gan ei bod hi'n dal i bwdu. Teimlwn ei bod hi'n hollol annheg yn fy meio i am gamweddau Valmai, ond doedd gen i fawr o awydd dadlau. Tendiais ar fyrddau Valmai a phocedu'r tips. Ceisiais ganolbwyntio'n llwyr ar 'gadw'n fishi', chwedl Mama. Llwyddodd Richard a minnau'n rhyfeddol i osgoi'n gilydd, a llwyddais innau i gyrraedd canol y prynhawn heb feddwl fawr am Donal.

—Donal? Pwy ddiawl yw Donal?

Dyna a sibrydwn o dan fy ngwynt bob tro y dychmygwn deimlo ei ddwylo a'i wefusau ar fy nghorff.

Parodd y penderfyniad hwn yn dda tan bedwar o'r gloch. Ro'n i ar fy mhen fy hun yn y Stafell Ddirgel unwaith eto, yn cael seibiant, diod oer a smôc. Prin ddwyawr arall a byddwn ar fy ffordd adre i'r Mans i gael bàth. Yna gwely cynnar—a fory, dydd Sul, cawn gysgu 'mlaen tan amser cinio, dim ond imi addo mynd i'r Ysgol Sul a Chwrdd yr Hwyr.

Torrwyd ar fy myfyrdodau gan gnoc ar y ffenest. Gwelwn ben Richard yn gwyro dros y reilings, a'i fawd yn pwyntio draw i gyfeiriad y Prom. Credwn fy mod yn deall ei neges. Codais, a dringo'r Grisiau Serth i'r caffi. Roedd haul tanbaid y Prom yn fy nallu.

—Ble ma' hi, Richard?

Amneidiodd ei ben i gyfeiriad y toiledau cyhoeddus dros y ffordd.

Roedd y Prom yn drwch o Deuluoedd Bach Dedwydd, heidiau o blant, gangiau o lanciau a merched a chariadon cariadlon. Gwthiais drwyddynt i gyd yn ddiamynedd.

Roedd Valmai'n sefyllian yn aflonydd wrth y shelter, gan dynnu'n wyllt ar sigarét. Y bitsh fach wedi sylweddoli maint ei phechod a chyfiawnder ei chosb, meddyliais, ac roedd wedi penderfynu cadw draw o'r Carlton. Ond edrychai'n debyg ei bod am i mi wneud ffafr â hi—bod yn negesydd rhyngddi a'r Wrach a deGaulle, mae'n siŵr . . . Roedd hi am i mi ofyn iddyn nhw ei derbyn yn ôl i'r gorlan . . . Fi'r Muggins, fel arfer . . .

Sylweddolais yn sydyn fod Mickey'n eistedd yn y shelter. Ac yn ei ymyl yntau roedd Donal. Roedd golwg ddifrifol iawn ar y tri.

—Maen nhw'n blydi mynd—sibrydodd Valmai, heb ddim rhagymadroddi.

—Mynd i ble?

—I blydi Didcot! Maen nhw'n mynd i blydi Didcot!

—Ble ma' Didcot?

—Be 'dy'r otsh lle mae blydi Didcot? Mae o'n bell o blydi Rhyl, tydy?

Cododd Donal a cherdded ataf.

—*We're off Elerri. We've been offerred worrk, Mickey an' me. Building site. Double the wages. Starrtin' tomorrrow* . . .

Sylweddolais bod Valmai'n snwffian crio. Pwy feddyliai? Valmai o bawb, wedi syrthio i'r hen, hen fagl oesol. Rhoddodd Mickey ei fraich am ei hysgwydd a phwysodd hithau ei phen yn ei erbyn, gan adael i'r dagrau lifo. Gwenodd Mickey ac ysgwyd ei ben.

—*Tha's life, girl. Got to move on* . . .

Sychodd Valmai ei thrwyn â chefn ei llaw. Tynnodd Mickey hances liwgar o'i boced a'i rhoi iddi. Chwythodd hithau ei thrwyn yn swnllyd.

Gafaelodd Mickey yn fy llaw a'i chusanu, gan sibrwd '*S'long kid*', cyn arwain Valmai i ffwrdd i gyfeiriad y traeth.

Edrychodd Donal i fyw fy llygaid. Uffern dân, roedd ei lygaid yn las.

—'*S been nice knowin' you, Elerri.*

Gwenais . . .

—*I rreally mean that. You'rre one of the nicest girrls I've everr met.*

Gwenais eto. Y dewis oedd gwenu neu grio.

—*I'll wrrite to you frrom Didcot. An' if you everr come to Dublin's Fairr City* . . .

—*Where the girls are so pretty* . . .

Teimlais ddeigryn yn llifo'n llechwraidd i lawr fy moch.

—*Thanks forr everrything, Elerri* . . .

Sychodd y deigryn â'i fawd. Yna rhoddodd ei fawd yn ei geg a'i lyfu. Yna cydiodd ynof a rhoi cusan ar fy moch. Yna cusanodd fy ngwefusau, yn ysgafn i ddechrau, yna'n ddyfnach, gan wthio'i dafod drwy fy nannedd. Yna fe'm rhyddhaodd.

Dyma oedd y diwedd. Sut oedd dal dim mwy?

—'*Bye, Elerri* . . .

Trodd, a cherdded ymaith i gyfeiriad y cloc. Arhosodd am eiliad i gynnau sigarét, cyn mynd yn ei flaen a diflannu i ganol y dorf.

Eisteddais ar y fainc nes bod y dagrau wedi cilio. Gwyddwn y byddai golwg y diawl arnaf pan gyrhaeddwn yn ôl i'r Carlton. Ond beth oedd yr ots? Beth oedd yr ots fy mod yn crio eto fyth, am yr enfed tro ers tridiau? Gallwn grio am byth, a fyddai neb yn sylwi, neb yn poeni. Beth oedd yr ots am ddim byd weddill yr haf, weddill y flwyddyn, weddill fy mywyd? Roedd fy myd ar ben a dyna ddiwedd arni.

Tra chwyrlïai'r meddyliau escatolegol hyn yn fy mhen, heidiai dieithriaid ac estroniaid swnllyd, drewllyd o'm cwmpas, heb gymryd dim sylw ohonof. Ond pam ddylen nhw? Pa ddiddordeb ddylai fod ganddyn nhw mewn croten fach ddagreuol? Pa hawl oedd ganddi hithau i ddisgwyl am sylw na chydymdeimlad ganddynt? Wedi'r cyfan, dim ond wedi colli'i chariad yr oedd hi, a hwnnw'n ddim ond cariad ffair.

Edrychais o'm cwmpas ar y dorf, fel morgrug unffurf, unfryd yn heidio yn yr haul. Cyrff coch, blonegog; boliau chwyddedig, chwyslyd; penolau, bronnau, cluniau o bob lliw a llun. Croen yn pilo, ceseiliau'n drewi. Sbectols haul, hetiau gwellt, fflip-fflops a sandalau. Transistors, bwcedi, rhawiau, brechdanau a photeli pop. Paraffernelia mwynhau.

Ac wynebau gweigion . . .

Mygydau, gwenau'n cuddio'r gwir. Pawb â'i gwmni, pawb yn unig yn ei ffordd fach ei hun, yn ei fyd bach ei hun. Pawb â'i ofid bach a mawr. Salwch, poen, hiraeth, galar, tristwch—a'r cyfan yn llechu y tu ôl i'r wên.

A minnau, Eleri fach Williams, yn hiraethu am gariad nad oedd hyd yn oed yn gariad, am ddieithryn bach a fyddai'n ddieithryn am byth. Donal Wyddel ddieithryn, a'm gadawodd a mynd i Didcot. Donal y Dieithryn yn mynd i Didcot er mwyn dyn! Wel dyna beth *oedd* gofid!

Yn sydyn, yno ar fainc ar Bromenâd y Rhyl, ar brynhawn twym o Awst yng nghanol y chwedegau cynhyrfus, synhwyrus, gwawriodd ar groten un ar bymtheg oed y cysyniad o 'flaenoriaethau bywyd', a hynny am y tro cyntaf erioed. Ac os wfftiwch hynny, neu os teimlwch fy mod yn rhamantu neu'n athronyddu'n ôl-dremiol yn fy nghanol oed profiadol, *tough titty*.

Codais, a chroesi'r ffordd i'r Carlton. Ond yn hytrach na mynd i mewn i'r caffi'n syth, oedais wrth stondin Richard. Gwenodd arnaf a chynnig ei gadair-haul i mi. Eisteddais arni a chau fy llygaid rhag yr haul. Eisteddais yno'n hir, a ddwedodd yr un ohonom air o'n pennau.

Gwaeddodd Reenee arnaf ddwywaith neu dair i gwyno nad

o'n i'n tynnu fy mhwysau. Fe'i hanwybyddais. Safodd deGaulle yn nrws y caffi ddwywaith neu dair ac edrych arnaf. Ond dychwelodd i'r caffi bob tro heb ddweud dim.

O'r diwedd, agorais fy llygaid a gwenu eto ar Richard. Gwenodd yn ôl a gwasgu fy llaw.

—Diolch Richard . . .

—Croeso.

—A Richard . . .

—Ie?

—Sori am neithiwr . . .

—Dim problem.

Plygodd drosof, a rhoi cusan ysgafn ar fy moch. Teimlais flewiach ei ên yn cosi, ac roedd ei wefusau'n llaith.

Codais a cherdded yn dalog i mewn i'r caffi. Rhaid oedd dioddef hanner awr arall yno cyn y cawn ddiflannu adref i'r Mans, i anghofio am y Carlton tan fore Llun, i drio anghofio am dridiau mwyaf uffernol fy mywyd.

I drio anghofio am Donal.

Pwy ddiawl oedd wedi dewis *'The Carnival is Over'* ar y Juke Box?

'Say goodbye, my own true lover . . .'

Eisteddais y tu ôl i'r cownter a dechrau byseddu'r Mars Bars.

'Though the carnival is over, I will love you 'till I die . . .'

Sylweddolais yn sydyn fy mod yn eu byseddu heb deimlo unrhyw awydd i'w bwyta. Roedd gobaith i mi eto . . .

Ond wyddwn i ddim wrth eistedd yno'n byseddu bod un artaith arall yn llechu yn y cysgodion. Wyddwn i ddim, pan gerddodd Fred a Moira, cwsmeriaid ola'r dydd, i mewn i'r caffi, bod diweddglo teilwng iawn o holl gynnwrf y tridiau diwethaf ar fin digwydd.

Roedd Renee wedi cael mynd adre'n gynnar a deGaulle wedi mynd 'ar neges bwysig' gan fy ngadael yng ngofal y caffi gwag. Gwenodd Fred fel haul canol dydd wrth dynnu ei gap a'i stwffio i boced ei wasgod. Gwenodd Moria wrth dynnu ei sgarff flodeuog i ddatguddio'r shampŵ-set a gawsai'r diwrnod cynt, yn arbennig ar gyfer ei diwrnod yn Sunny Rhyl. Oherwydd y trwch *lacquer* a daenwyd arno, doedd dim un blewyn wedi symud o'i le mewn pedair awr ar hugain.

'*Eh up, Duckie*', roedd Fred wedi penderfynu rhoi '*treat*' i Moira cyn troi am adre i Lerpwl. Gwisgodd ei sbectol drwchus ac astudio'r daflen 'Desserts'. Cerddais yn flinedig at eu bwrdd i gymryd eu harcheb. Roedd Fred wedi penderfynu mynd dros ben llestri'n lân. Gan mai Moira oedd y wraig orau yn y byd roedd yn haeddu'r Carlton Special Knickerbocker Glory.

—*OOh! Fred! Ye shouldn't!*

—*Ah know ah shouldn't, Moira-luv, bu' there ye are, tha's me. Soft in the 'ead an' soft in the 'eart. Make it two Carlton Special Knickerbocker Glories, duckie . . .*

Gwenodd arnaf gan ddatgelu ei ddannedd pydredig lliw croen banana. Ceisiais guddio fy nirmyg.

—*Anything else?*

—*Ooh! Fred! A little Welsh girl!*

—*Eh up, duckie. 'Ieckid da' an' all that! An' where's yer funny 'at?*

Pesychodd Fred wrth chwerthin. Pesychodd eto wrth gynnau sigarét, a sychodd ei fflemsys â *serviette*. Cododd ton o gyfog o waelod fy mherfedd a rhuthrais yn fy nhymer i lawr y Grisiau Serth. Roedden nhw'n bwriadu boddi Cwm Tryweryn er mwyn diwallu syched gwehilion fel hyn . . .

Yn y Gegin Ddu, ochneidiodd y Wrach wrth baratoi'r 'blwmin *ice-creams* yme'.

—Blwmin ffidl gwirion, Eleri . . .

Blwmin ffidl yn wir. Adeiladu haen ar ôl haen o ffrwythau a hufen iâ a jeli gwyrdd a hufen-gwneud yn y gwydrau uchel cerfiedig. Sylfaen o ffrwythau ar y gwaelod, jeli ar ei ben, hufen iâ ar ben hwnnw—a'r Wrach yn llyfu ei bysedd rhwng pob un, ac yna'n eu sychu yn ei hoferôl.

—'Dech chi'n ôlreit, ydech, Eleri?—holodd yn sydyn.

—Ydw. Pam?

—'Dech chi'n dawel iawn. 'Dech chi'n poeni am rywbeth?

—Na. Dim . . .

—A 'dech chi ddim wedi gweld yr hogan Valmai wirion yne?

—Naddo . . .

Llwythodd haen arall o jeli ar ben haen arall o ffrwythau ac yna llyfodd y llwy cyn codi talp o hufen iâ a'i daenu dros y cyfan. Blob o hufen-gwneud, ei daenu â'i bys, ac yna llyfu'r bys. Gwenais wrth feddwl am Fred a Moira yn mwynhau eu gwledd.

O'r diwedd roedd y gwydrau bron yn llawn. Haenen o bowdwr siocled, joch arall o hufen, suddo bisgïen drionglog ynddo—ac yna ceirios *glacé* mawr yn frenin ar y cyfan.

Roedd y Knickerbockers gorffenedig yn orchestol, gain, yn codi i'r entrychion fel dau gastell tylwyth teg, amryliw.

Safodd y Wrach yn ôl ac edmygu ei champwaith.

—Reit, ewch â nhw, Eleri. A gyda llaw . . .

—Ie?

—Pan welwch chi'r hen hogan slei yne . . .

Penderfynais beidio â gwrando ar weddill ei chrawcian. Cariais y Knickerbockers yn ofalus i fyny'r Grisiau Serth a'u gosod gydag arddeliad o flaen Fred a Moira. Roedd eu llygaid fel soseri.

—*Eh, by gum, Moira!*

Gosodais ddwy lwy arbennig ar y bwrdd.

—*Special spoons, an' all!*

Gafaelodd Moira yn ei llwy a dechrau tyrchu i'r dyfnderoedd.

—*An' look at all this cream!*

Edrych ar rywbeth arall o'n i, a methu â choelio fy llygaid. Yr eiliad honno, gwelodd Fred yr un peth.

—*Eh up, Duckie . . . Eh, by gum . . .*

Pwyntiodd at frig ei Knickerbocker Glory.

Roedd yno haenen o bowdwr siocled. Roedd hufen ar ei ben, ac ar ben hwnnw roedd yno geirios *glacé* . . .

Na, roedd yno *ddau* geirios *glacé*, ond roedd un wedi dioddef metamorffosis rhyfedd. Roedd yn sgleiniog ddu. Roedd ganddo ben a choesau, a'r coesau hynny'n ymbalfalu i fyny at y nefoedd . . .

—*Eh, by gum, Moria, a bloomin' cockroach!*

Syllais ar Fred a Moira ac yna ar y gocrotshen. Syllodd Fred a

Moira ar y gocrotshen ac yna arnaf i. Roedd y gocrotshen yn rhy farw i syllu ar neb.

Tasgodd rhaeadr ewynnog rhwng dannedd pydredig lliw croen banana Fred, a diferu drip-drop i'r hufen.

—*Eh up, Moira, lessgo!*

Fe gyrhaeddon nhw'r drws yr un pryd yn union â phererin bach hirgoes, sychedig yr olwg â hances wen glymog ar ei ben a sach gynfas ar ei gefn.

—*Eh up mate, keep away from this 'ere place!*—gwaeddodd Fred arno.

—*Cockroaches!*—gwaeddodd Moira.

—*'Uge black ugly ones!*—ychwanegodd Fred.

Rhuthrodd y ddau heibio iddo gan ei wasgu'n fflat yn erbyn y drws. Safodd yntau'n stond fel delw am rai eiliadau gan syllu'n ofnus o'i gwmpas. Ofnai, mae'n siŵr, weld haid o drychfilod mawr corniog yn diferu o lysnafedd yn ymlusgo o bob twll a chornel ac yn ei larpio'n fyw. Penderfynodd nad oedd amser i'w golli a throdd ar ei sawdl a dilyn Fred a Moira drwy'r drws ac i lawr y Prom.

Yr eiliad honno y dychwelodd deGaulle gan fwmian 'Arafa Don'.

—Popeth yn iawn, Eleri?

Caeais fy llygaid, ac ochneidio . . .

—Yr hen hogan wirion! 'Dech chi gyn rwbeth yn y pen yne o gwbwl? Pam na ddaru chi weld y blwmin cocrotshen?

Roedd y Wrach yn gynddeiriog.

—Pam na ddaru chi sylwi? Ond dyna fo, 'dech chi bob amser mewn blwmin breuddwyd. Bob amser efo'ch pen yn y blwmin cymyle. Dyne'ch trafferth chi!

Pigai deGaulle ei drwyn yn dwll. Gwelai broblem enfawr ar ei orwel.

—'Dech chi'n meddwl y cwynan nhw wrth y cownsil? Dyne fase'r diwedd i ni, yntê Mam Fach?

—Tase'r hen hogan wirion yme wedi sbio'n iawn ar y blwmin *ice-cream* yne . . .

Pan suddais yn flinedig i soffa'r Stafell Ddirgel, y broblem leiaf yn y byd i gyd oedd problem y cocrotshys a'r cownsil. Fy nghalon friwedig, frau oedd unwaith eto ar ben rhestr fy mhroblemau i.

Roedd y pwl positif ar y fainc wedi hen bylu. Na, roedd wedi diflannu'n llwyr. Ofer fu'r penderfyniad i restru blaenoriaethau ac i gymharu gofidiau. Gwyddwn fy mod yn caru Donal yn angerddol. Unwaith eto ro'n i'n brifo gan gariad. Doedd dim mwy i'w wneud na'i ddweud.

Ro'n innau wedi llwyddo i frifo Richard, un o'r eneidiau anwylaf yn y byd. Byddai hynny ar fy nghydwybod am byth.

Ac ro'n i wedi ffraeo'n wyllt â Valmai, fy ffrind gorau.

Gorweddais ar fy hyd ar y soffa, a chau fy llygaid yn sownd nes o'n i'n gweld sêr. Nofiai'r tridiau diwethaf yn eu canol fel Llwybr Llaethog annelwig nad oedd yn arwain i unman.

Curodd rhywun yn betrus ar y drws. Richard oedd yno, â'i sbectol yn pipian arnaf drwy fwnshed mawr o rosynnod coch.

—I ti—meddai, a'i wyneb yn pefrio.

Beth fedr merch ei wneud o dan y fath amgylchiadau? Dim ond diolch yn fawr i'r rhoddwr.

—Diolch yn fawr, Richard.

—Croeso.

Cydiais yn y blodau, a chyn i mi feddwl ddwywaith ro'n i'n plannu cusan ar ei foch. Gwridodd mor goch â'i rosynnau.

—Diolch yn fawr, Eleri.

—Croeso.

Plannodd gusan ar fy moch innau. Teimlais fy hun yn gwrido.

Beth oedd gan fenyw i'w wneud a'i ddweud nesaf? Penderfynodd Richard ar fy rhan.

—Tan fore dydd Llun . . .

Trodd a diflannu fel mellten i fyny'r Grisiau Serth. Caeais ddrws y Stafell Ddirgel a gorwedd unwaith eto ar y soffa, gan fagu fy rhosynnau. Sylwais fod yna gerdyn ynghudd yn eu crombil, un â rhimyn aur rownd ei ymyl, ac roedd ysgrifen arno. Gafaelais ynddo—a chael fy mhigo yn fy mawd gan ddraenen cymaint â phigyn siarc. Fe'i tynnais o'r cnawd a'i fflicio'n flin i lestr llwch. Sugnais waed o'r clwyf wrth ddarllen yr ysgrifen fach fanwl ar y cerdyn.

'Eleri, rwy'n dy garu. Richard.'

Damia. Hen gnafon annisgwyl, anhydrin yw dagrau. Unwaith y teimlwch chi'r diawlied creulon yn pigo, pigo y tu ôl i'ch llygaid, unwaith y byddan nhw'n cronni ac yn dechrau gorlifo dros eich haeliau, i lawr eich bochau, mae hi'n amen ac ar ben arnoch chi.

O oedden, am yr eildro'r diwrnod hwnnw, a'r miliynfed tro ers tridiau, roedden nhw'n syrthio plop, plop, i lawr fy mochau. Doedd gen i ddim dewis ond eu dioddef—gadael iddyn nhw lifo, a chael eu gwared unwaith ac am byth.

Unwaith ac am byth? Ychydig a wyddwn i'r flinedig, siomedig un y funud honno yn y Stafell Ddirgel, mai megis dechrau o'n i ar yr hen fusnes brifo 'ma. Ychydig a wyddwn y cawn fy mrifo eto ac eto, dro ar ôl tro, yn waeth ac yn waeth weddill fy mywyd. Wyddwn i ddim y pryd hwnnw mai un felly'r o'n i—un mor dwp a diniwed â chocrotshen sy'n yfed o bwll saim angheuol y Gegin Ddu, sy'n suddo'n ddwfn i'w berfeddion, ac yn boddi . . .

Ro'n innau'n ymbalfalu yn fy mhwll bach o anhapusrwydd, ac yn suddo'n gyflym ynddo. Gwyddwn nad oedd gen i ddewis ond ymdrechu'n lew i ddringo ohono, neu ynddo y byddwn tan y wawr, os gwawriai o gwbwl. Ceisiais newid cywair a chanolbwyntio'n fanwl ar *pam* y teimlwn mor isel. Roedd popeth yn lobscows cawdel potsh, oedd. Roedd f'emosiynau'n fregus ac yn frau, oedden. Ro'n i'n caru Donal, o'n, ac ro'n i wedi ei golli ac wedi colli fy mhen yn y fargen. Ro'n i'n caru Valmai, ond roedd pellter newydd rhyngom. Ro'n i'n caru Richard er 'mod i wedi ei drin fel baw. Ro'n i'n caru Dada a Mama, er eu bod yn mynd o dan fy nghroen. Roedd hi'n amser diflas y mis arnaf, do'n i ddim wedi bwyta pryd iawn o fwyd ers dyddiau, ro'n i wedi blino'n gorn, ac roedd canlyniadau lefel 'O' ar y gorwel. Doedd ryfedd 'mod i'n un lwmpyn mawr o hunandosturi.

115

Ond rhaid oedd ymwroli, petai 'mond i stopio crio. Os llwyddwn i wneud hynny gallwn godi o'r soffa, newid fy nillad, cribo fy ngwallt a gwisgo fy mwgwd arferol o golur. Yna gallwn gerdded yn dalog allan o hafan y Stafell Ddirgel, wynebu'r Wrach yn y Gegin Ddu, wynebu deGaulle yn y caffi, ffarwelio â hwy yn hyderus ac ymadael â'r Carlton yn hapus. Gallwn wedyn gerdded i lawr y Prom, heibio i'r Black Cat. Gallwn droi i'r High Street a mynd heibio i'r Roma i'r orsaf fysus. Byddwn ar fy ffordd yn ôl i Brestatyn a'r Mans, lle y cawn groeso a chysur a salad ham gan Mama, a chroeso a Mint Imperials a stôr o hanesion bach diflas y dydd gan Dada. A byddai Mama ddibynadwy yn siŵr o wybod sut i daclo problem siaced ledr Valmai.

Valmai . . . Beth wnawn â hi? Byddwn yn ei ffonio, debyg iawn, ac yn rhoi gorchymyn iddi ddod i aros dros nos. Roedd hi'n angenrheidiol ein bod ni'n dwy yn trafod yr holl ddigwyddiadau cymhleth. Er gwaethaf ein ffraeo dwl a'n pwdu dylach, byddai ein cyfeillgarwch fel y graig. Roedd ei hangen hi arnaf, a gwyddwn ei bod hi, yn ei ffordd fach ryfedd ei hun, yn ddibynnol iawn arnaf innau. Ie, meddyliais, dyna'n union beth yw ffrind—rhywun sy'n rhoi ac yn derbyn, sy'n gwrando ac yn cydymdeimlo, yn cynnig cyngor i chi ac yn dibynnu ar eich cyngor chithau. A thrwy'r cyfan fe allwch chi ffraeo a phwdu. Ond ffrind yw ffrind am byth . . .

Codais ar fy nhraed a sylwi ar y tyllau crwn yn y drws lle y bu bolltiau Valmai. Gwenais. Oedd, roedd hi'n yffach o gês . . .

Tynnais yr oferôl, dechrau gwisgo fy nillad-mynd-adref a dychmygu beth fyddai trefn y noson. Câi Valmai a minnau oriau yn fy llofft yn yfed coffi ac yn llowcio pice-bach Mama. Byddem yn dewis recordiau tristaf fy nghasgliad o recordiau trist ac yn eu chwarae'n dwll. Roedd hynny bob amser yn therapi ddi-ffael i ni'n dwy. Roedden ni wedi perffeithio'r grefft o fynd i ysbryd y geiriau ac o gyd-rannu profiadau dwys y canwr. O ganlyniad byddai'r dagrau'n llifo a chaem adferiad llwyr.

Richard Chamberlain oedd un o'n ffefrynnau.

'When I want you . . . in my aarms . . .
When I want you . . . and all your chaarms . . .
Whenever I want you, all I have to do
Is dream, dream, dream,
Dream, dream, dream . . .
Does dim gwell balm i enaid clwyfedig na gwrando ar enaid clwyfedig arall yn arllwys ei ofid ar gân. Jim Reeves, Roy Orbison, Dusty Springfield—eneidiau clwyfedig oll. Ond gwyddwn pa ddwy record y byddem eu hangen y noson honno. Y gyntaf fyddai Joan Baez â'i chân fwyn:
'No, I'll never get over those blue eyes,
I see them everywhere,
I miss those arms that held me
When all the love was there . . .'
Yr ail fyddai wylofain torcalonnus Bryan Hyland:
'I see your face in the sunshine,
I hear your voice everywhere,
I run to tenderly hold you
But Darling you won't be there . . .'

Erbyn imi fentro allan o'r Stafell Ddirgel ro'n i'n fenyw newydd. Roedd fy nghragen allanol yn ymddangosiadol galed, a'm canol hufennog yn llonydd. Neu dyna a obeithiwn. Ond mae'n amlwg nad o'n i wedi llwyddo i ymgaledu nac i ymdawelu hanner digon oherwydd edrychodd y Wrach yn od arnaf.

—'Dech chi'n iawn, Eleri?

—Ydw. Pam?

—'Dech chi'n edrych braidd yn boenus.

—O?

—'Dech chi'n poeni am yr hen gocrotshen yne?

—Na . . .

—Da iawn, achos tydy hi ddim yn ddiwedd y byd, nacdi? Mae 'ne bethau gwaeth, decini . . .

Edrychodd arnaf eto.

—'Dech chi gyn broblem arall? Cofiwch os 'dech chi gyn broblem—unrhyw broblem—mae hi'n bwysig ei rhannu.

117

Cynigiodd becyn amheus yr olwg o Wine Gums i mi, a chymerais un coch. Rhoddodd hithau un du yn ei cheg a'i sugno. Ac yna digwyddodd yr annisgwyl. Gwenodd Gwrach yr Woodbine arnaf. Do'n i erioed wedi ei gweld yn gwenu, ac edrychai ei hwyneb yn hollol wahanol. Ceisiais ddyfalu pam.

Gwyddwn ei bod yn hollol fantach, ac wrth iddi wenu, gan arddangos y Wine Gum du fel hen ddant pwdwr, roedd y gwacter ogofaol yn ei cheg yn llawer amlycach. Ond nid dyna'r rheswm pam yr edrychai'n wahanol . . .

Roedd ei gwên yn amlygu'r crychau ar ei hwyneb ac yn eu dyfnhau. Ond nid dyna'r rheswm chwaith . . .

Sylweddolais yn sydyn mai'r rheswm am ei dieithrwch newydd oedd y ffaith ei bod, wrth wenu, yn hardd. O oedd, coeliwch neu beidio, roedd mor hardd â chroten fach ddrygionus, a'i llygaid yn pefrio'n heintus.

Neu ai fi oedd yn dychymygu?

—'Dech chi'n hen hogan fach iawn yn y bôn, Eleri.

Gwenais yn ôl arni.

—Wela i chi fore dydd Llun, Mrs Charles.

—Ie, ac os gwelwch chi'r hen hogan wirion yne . . .

Anelais am y Grisiau Serth. Pwy welais yn sgwlcan yn nerfus, yn amlwg â'i fryd ar f'osgoi—neu'n hytrach ar osgoi fy nghic arferol—ond Flash. Syllai arnaf â'i lygaid dall, a'i gynffon rhwng ei goesau. Sibrydais ei enw yn gyfeillgar.

—Flash!

Cododd ei glustiau mewn syndod.

—Flash, dere 'ma!

Roedd ei wyneb yn bictiwr o syndod, ond roedd y symudiad lleiaf i'w weld ym mhen eithaf ei gynffon.

—Flash!

Y tro hwn, cododd ei gynffon a'i chwifio o ddifri, fel mwydyn yn gwingo wrth fachyn. Estynnais fy llaw iddo cyn sylweddoli nad oedd yn ei gweld. Es ato a dechrau mwytho'i ben. Cynhyrfodd drwyddo, gan ysgwyd ei gynffon yn gyflymach a llyfu fy llaw yn ddiolchgar.

—Hwyl i ti, Flash bach. Wela i di ddydd Llun.

Fe'i gadewais yn synfyfyrio yn ei ddallineb. Gwelai'n ddigon clir fod fy anwadalwch yn rhemp. Gwyddai y câi ei gic arferol fore Llun.

Fore Llun dychwelodd Valmai i'r Carlton yn gwisgo sachliain a lludw. Gwnaeth sioe fawr o ymddiheuro ac ymgreinio, a do, fe lwyddodd y gnawes i gael maddeuant gan y Wrach a'r General.
—Hen hogan fach iawn ydy hi yn y bôn, Esmor Bach.
—Ie, Mam Cariad. Chydig yn benchwiban, ynte, fel pawb ohonon ni yn ein tro.
—Fuost *ti* erioed yn benchwiban, Esmor Bach.
—Naddo tad, Mam Cariad . . .
Gwasgodd y Wrach ei law, a gwenodd y ddau ar ei gilydd.
Am chwarter wedi hanner dydd, sylweddolwyd nad oedd sôn am Mrs Don't-Bring-Me-Any-More-Dishes! Cafwyd gorchymyn brys gan y Wrach y dylai unrhyw un a ddigwyddai fod â'i ddwylo'n rhydd yng nghyffiniau'r sinc olchi unrhyw lestri a ddigwyddai fod ynddo. Ufuddhaodd pawb ond un i'r gorchymyn. Roedd Reenee uwchlaw gorchmynion a gorchwylion o'r fath.
Ni welwyd Mrs Don't-Bring-Me-Any-More-Dishes! weddill yr wythnos na gweddill yr haf. Diflannodd fel gwawn ar y gwynt oddi ar wyneb y ddaear, heb reswm nac eglurhad, heb dderbyn ei chyflog a heb adael cyfeiriad. Y cyfan y gallem ei obeithio oedd ei bod yn gymharol hapus, druan, yn rhywle dymunol, di-lestri a di-sinc.

Drannoeth, derbyniais lythyr o Didcot a S.W.A.L.K. a rhes o gusanau ar ei gefn. Fe'i cyflwynwyd i mi â chryn seremoni gan y General, a hynny, gwaetha'r modd, yng ngŵydd Richard.
—Pwy sgynnoch chi yn Nidcot, Eleri? Hogie bach Rhyl ddim yn ddigon da i chi, ie?
Gwenais ar Richard. Gwenodd yntau'n ôl a chladdu'i drwyn rhwng cloriau *War and Peace*. Stwffiais y llythyr i boced fy oferôl, gan ysu am funud o lonyddwch i'w ddarllen.
Fe'i cefais ganol y bore, pan sleifiais i mewn i'r Stafell Ddirgel

a suddo i'r soffa. Crynai fy nwylo wrth rwygo'r amlen. Curai fy nghalon wrth ddarllen yr ysgrifen onglog a sylweddoli'r hyn yr oedd Donal yn ei fynegi.

Haerai, na, fe daerai, ei fod yn fy ngharu'n angerddol, yn fwy angerddol nag yr oedd wedi caru neb erioed o'r blaen. Roedd yn difaru'i enaid iddo fod mor dwp a byrbwyll â mynd i Didcot a'm gadael yn y Rhyl. Sylweddolai mai yno gyda mi yr oedd ei galon. Ond roedd amgylchiadau wedi mynd yn drech na'n cariad. I egluro dyfnder ei deimladau tuag ataf, adroddodd y stori ddiarhebol am y Gwyddel, y ferch hardd a'r botel whisgi. Pan ddeallodd Paddy y byddai'n gorfod dewis rhwng y naill neu'r llall, dewisodd y botel. Ond y ferch hardd, sef fi, y byddai Donal yn ei dewis bob tro.

Ro'n i newydd orffen darllen hyn oll am yr eildro, ac ar fin stwffio'r llythyr yn ôl i boced fy oferôl, pan gerddodd Valmai i mewn i'r Stafell Ddirgel.

—Gynno *fo* mae hwnna, ynte.

Cyn imi fedru ateb, roedd wedi troi ar ei sawdl ac wedi diflannu drwy'r drws gan roi clep iddo y tu cefn iddi. Soniwyd yr un gair ymhellach am y llythyr hwn nac am y tri llythyr ar ddeg arall a dderbyniais cyn diwedd Medi.

Erbyn y trydydd llythyr ar ddeg roedd cariad Donal tuag ataf fel y graig. Honnai nad oedd yr un o ferched Didcot mor hardd, mor ddymunol nac mor ddeallus â mi. Ro'n i ar ei feddwl ddydd a nos; methai â chysgu na bwyta, gymaint oedd ei hiraeth amdanaf. Ysai am fy ngweld, am gael fy nghofleidio a'm cusanu. Roedd am wneud iawn am ei benderfyniad cwbl wallgo i droi ei gefn ar y peth gorau a ddigwyddodd iddo erioed, sef fi.

Atebais bob llythyr yn angerddol a hiraethlon. Ysgrifennwn yn y dirgel, yn hwyr y nos yn fy llofft, pan oedd fy nheimladau ar eu mwyaf mwyn, a Brian Hyland yn llawn cydymdeimlad.

'Yes it's gonna be a lo-o-ong, lonely summer,
But I'll fill the e-e-mptiness,
I'll send you all my love, in a l-e-etter,
Sealed with a kiss.'

Soniais yr un gair am y llythyron hyn wrth Valmai. Doedd hi

ddim wedi derbyn llythyr o Didcot nac o unman arall. Hyd y gwn i . . .

Ar ddiwrnod olaf Medi, roedd Donal ar ei ffordd adref i Iwerddon via Y Rhyl a'i waled a'i galon yn orlawn. Neidiodd oddi ar y trên, taflodd ei fag ar y llawr a'i freichiau amdanaf. Dyna'r tro cyntaf, ond nid yr olaf, imi gusanu dyn yn gwbwl feiddgar ogoneddus gyhoeddus, gan deimlo'n falch bod llygaid a thafodau'r rhwystredig, eiddigeddus rai yn fy meirniadu. Yna treuliasom awr ddwys yng nghaffi'r stesion, cyn cerdded law yn llaw yn ôl i'r platfform.

Cyrhaeddodd trên Caergybi.

Roedd ffarwelio â'm Gwyddel bach am yr eildro—a'r tro olaf—yn arteithiol . . .

Y noson honno, pan gyrhaeddais yn ddagreuol yn ôl i'r Mans, ceisiais sleifio, yn ôl fy arfer, i mewn i'm stafell wely heb i neb fy ngweld. Ond ymddangosodd Mama ar y landing, a gafael ynof. Sychodd y dagrau oddi ar fy mochau. Sylweddolais â chryn syndod bod dagrau ar ei bochau hithau hefyd. Ond ddwedodd hi'r un gair, dim ond troi a mynd i mewn i'r Boudoir.

Yn ystod oriau mân y bore, fe'm dihunwyd gan sŵn Mama'n crio. Codais, a mynd i glustfeinio wrth ddrws y Boudoir.

—Mama? Dada?

Dim ateb, dim ond crio dirdynnol.

Mentrais agor y drws. Gorweddai yn y gwely mawr yn ei gwn-nos blodeuog. Edrychai mor eiddil a diymadferth, yn union fel y ddoli glwt yr oedd wedi ei chadw mor ofalus ers dyddiau ei phlentyndod, honno a syllai'n gam arnom o ben y cwpwrdd dillad.

—Mama . . . Ble ma' Dada?—holais yn anfaddeuol ddiniwed.

Gwyddoch yr ateb, debyg. Nid yr organyddes ydoedd, diolch byth. Mae'n gas gen i ystrydebau.

Dringais ati i'r gwely a rhoi fy mreichiau amdani. Chysgodd yr un ohonom fawr ddim tan y wawr. A thrwy'r oriau meithion syllai'r hen ddoli glwt arnom a'i phen yn gam.

Dyna'r noson y profodd Mama a minnau am y tro cyntaf yr agosatrwydd a fu rhyngom weddill ei bywyd. Ond stori arall yw honno . . .

Derbyniais un llythyr cariadus iawn o Donegal, ac yna un o Ddulyn. Doedd hwnnw ddim mor gariadus nac mor hir â'r lleill. A dweud y gwir roedd yn gwta ac yn swta, yn sôn am fawr ddim ond mor braf oedd bywyd coleg ac mor anodd oedd neilltuo amser i sgrifennu llythyron. Awgrymwyd yn ysgafn iawn y dylwn ymweld â'r ddinas nefolaidd ryw ddiwrnod. Ac fe'i harwyddwyd 'With all my love, Donal.'
Penderfynais beidio â'i ateb . . .
Fe'i cedwais yn ofalus gyda'r lleill yn fy mlwch glas cloëdig. Maen nhw gen i byth, yn rhan o'm casgliad cynhwysfawr o lythyron gan hen gariadon. Caf flas rhyfedd yn eu darllen i gyd bob hyn a hyn. Mae sesiwn o ddarllen datganiadau angerddol o gariad yn llesol iawn ym mlynyddoedd crablyd canol oed . . .
Tybed a gadwodd fy nghyn-gariadon fy llythyron innau?
Ydy Donal yn fy nghofio?
Os byth y bydd arnoch angen triniaeth feddygol yng nghyffiniau Gortahork yn Swydd Donegal, cofiwch ofyn am y Doctor Donal P. Sweeney. A chofiwch fi ato . . .

Ar Hydref y cyntaf cychwynnodd Richard ar ei yrfa ddisglair yn Rhydychen. Cerddodd yn ddiffwdan drwy ddwy radd a doethuriaeth, *a* chael amser i sgrifennu epistol hir ataf unwaith y mis am dair blynedd. Ond does yr un ohonyn nhw wedi goroesi yn fy mlwch glas . . .
Chofiaf i ddim pam . . .
Os byth y byddwch yn ymweld â Harvard, cofiwch holi am yr Athro Richard L. Jones. A chofiwch fi ato . . .

Ddiwedd Hydref deallodd Reenee ei bod ar fin bod yn nain. John fyddai enw ei hŵyr, ar ôl John Lennon, a Reenee fyddai yn ei fagu gan y byddai Nicolette y Drwyn yn rhy brysur yn chwilio am lysdad addas iddo. Cyn pen blwyddyn arall byddai

122

gan John hanner brawd o'r enw Paul. Wn i ddim a oes ganddo bellach ddau frawd arall o'r enw George a Ringo.

Ddechrau'r Mis Du, syrthiodd y Wrach ar ei chefn am y tro olaf. —Wrthi'n golchi'r llawr oedd hi, genod bach. Blwmin cocrotshys ddiawl . . . Ond cafodd fynd yn sydyn, diolch byth . . . A'r hen Flash ffyddlon wrth ei hochor . . .

deGaulle ac Eunice, Reenee, Valmai a minnau a hen ddyn bach musgrell yr un ffunud â'r Wrach oedd yr unig alarwyr. Bu'n brofiad anodd i ni'n dwy, yn enwedig i Valmai. Roedd angladd Tad-cu Bancffosfelen yn fyw yn fy nghof i, ond roedd yr holl rigmarôl yn ddierth i Valmai.

Niwl rhewllyd yn cau amdanom, trwynau'n diferu a thraed yn brifo gan oerfel. A dagrau direol Valmai a minnau'n embaras llwyr gan nad oedd neb arall yn crio. Snwffiai'r hen ŵr anhysbys yn gyson, a sychai deGaulle ei drwyn â hances fawr wen. Safai Reenee â'i llygaid ynghau. Edrychai Eunice ar ei horiawr bob hyn a hyn.

Cofiaf sylwi bod popeth o'n cwmpas yn ddu neu'n wyn neu'n llwyd. Roedd dillad pawb yn ddu; llwyd oedd yr awyr, y ddaear a'r beddau, a gwyn oedd y dorch flodau ar yr arch. Codai cwmwl o fwg llwyd o'r tu ôl i'r hers wrth i'r ddau dorrwr beddau fwynhau smôc yn ystod y gwasanaeth.

Ond coch oedd gwallt Valmai. A thorch siâp clustog o garnations coch a gariai yn ei llaw. Roedden ni wedi talu drwy'n trwynau amdani, ac ar ôl pendroni'n hir, wedi sgrifennu 'I Mrs Charles, gydag atgofion hapus am ein haf yn y Carlton Restaurant, oddi wrth Valmai ac Eleri' ar y cerdyn. Gosododd Valmai hi'n ofalus ar yr arch gyda'r un wen.

—Diolch i chi, genod—sibrydodd deGaulle ar ddiwedd y gwasanaeth gan sychu'i drwyn â'i hances.

—Roedd gyn Mrs Charles feddwl mawr ohonoch. Hen genod iawn 'dech chi . . .

—Yn y bôn, ynte—ychwanegodd Valmai o dan ei gwynt wrth iddo frasgamu fraich ym mraich ag Eunice i lawr llwybr y fynwent.

Bwriasant eu swildod honedig ym Mermuda cyn dychwelyd i'r Carlton a dechrau paratoi at dymor yr haf. Gwerthodd Eunice ei *bedsit* a rhoi'r gorau i'w swydd yn yr Odeon. Roedd ganddi syniadau cyffrous am ddyfodol y Caffi Cachlyd. Fe'u priodwyd yn Swyddfa Gofrestru Vale Road. Chafodd Valmai a minnau ddim gwahoddiad . . .

Treuliodd Flash ei ddyddiau olaf prin mewn cartref i gŵn yn Nyserth.

A Dada a Mama? Mae Aberystwyth yn lle gwych i gyn-weinidog yr efengyl ymddeol iddo gyda'i wraig newydd. Gwerthodd Mama'r gwely mawr a phrynu gwely bach sengl yn ei le. Roedd y byngalo newydd yng Ngallt Melyd gymaint llai na'r Mans. Ond stori arall, boenus, yw honno . . .

A Valmai a minnau?

Cawsom ganlyniadau Lefel 'O' anrhydeddus; cawsom ein derbyn i'r chweched â breichiau agored; cawsom ddewis ein pynciau Lefel 'A'. Roedd y byd wrth ein traed.

Y London School of Economics oedd nod cyrhaeddol Valmai. Er mwyn ei gyrraedd bwriadai astudio Economeg a Mathemateg —a Daearyddiaeth, wrth gwrs, ynghyd ag ambell bwnc arall, allgyrsiol, gyda Tarzan.

Y Coleg Normal oedd fy nod innau. Cymraeg ac Ysgrythur oedd fy newis bynciau er mwyn cyrraedd fy uchelgais o ddysgu mewn ysgol gynradd.

Ond roedd dwy flynedd, a dau haf hir cyn canlyniadau Lefel 'A'.

Dwy groten fywiog ar eu prifiant, dwy flynedd a dau haf hir . . .

Ond stori arall eto fyth yw honno . . .